싼띠아고에서의 마지막 왈츠

유배와 증발의 시편

아리엘 도르프만 시집

이종숙 옮김

창작과비평사

1998

싼띠아고에서의 마지막 왈츠

유배와 증발의 시편

영어판에 부치는 말

시를 번역하기란 결코 쉽지 않다. 이 모음집에서는 낱말 두 개가 그에 상당한 영어로 번역되기를 완강히 거부했다. 의미심장하게도 그중 하나는 공포의 낱말이고 다른 하나는 희망의 낱말이다. 공포와 희망은 현대 라틴아메리카에서는 풀 수 없이 서로 뒤얽혀 연결된 두 가지 경험이다.

그 두 낱말은 '빠우 다라라'(pau d'arara)와 '꼼빠녜로'(compañero)다.

나는 '빠우 다라라'에 관해서는 1960년대에 처음 들었다. 그건 브라질에서 사용된 고문방법이었는데, 나중에 그에 못지않게 불운한 다른 나라들로 수출되었다. 피고문자는 손발이 한데 묶이고 발가벗겨진 채 수평으로 고정된 막대에 높이 매달리게 된다. 그 다음에 일어나는 일을 묘사하려면 나로서는 입밖에 내지 않고 그냥 두고 싶은 낱말들이 필요할 것이다.

남성인 경우 '꼼빠녜로'(compañero)라 하고, 여성일 때는 '꼼빠녜라'(compañera)라고 하는 이 낱말은 'mate 동료, 한패' 'friend 친구, 동무' 'comrade 동지' 'companion 동료, 동반자'로 번역될 수도 있을 것이다. 그러나 이들 중 어떤 것도 원래의 스페인어 낱말이 갖는 독특한 울림을 가지고 있지 않다. 이 낱말의 어원을 살펴보면, '꼼빠녜로'란 빵을 함께 나누는 자다.

너무 자주, 결국 '빠우 다라라'를 당하게 되는 사람들은 세상을 우리 모두가 '꼼빠네로'들이 될 수 있는 장소로 만들려고 애쓰는 사람들, 미래에 대해 꿈을 꾸는 사람들이다.

1987년 6월

아리엘 도르프만

한국어판에 부치는 말

  커다란 감동을 느끼며 내 시들의 한국어 출판을 자축한다. 이 시들은 나의 조국 칠레가 한국 독자들도 겪은 바 있는 그런 흉포한 독재정권을 경험하던 당시, 망명생활 중에 태어났다. 이것들은 고국에서 우리 모두의 자유를 위해 죽어가는 사람들의 슬프고 희망에 찬 목소리들을 모아담을 다른 도구가 나에게 없었기 때문에 씌어졌다. 이것들은 침묵에 반대하여, 증발에 반대하여, 죽음에 반대하여 씌어졌다. 이것들은 절망에서 씌어졌고 강간당하거나 파괴되지 않을 미래의 공동체를 위한 기반을 찾아내려 애쓰면서 씌어졌다. 그리고 이것들은, 결국 그게 당국자나 나와 함께 고투하는 동료들에게 아무리 불편한 것이라 할지라도, 진실을 보여주려는 목적으로 씌어졌다.

  이 시들이 여러 다른 언어로 옮겨져 유포되기 시작한 뒤에야 비로소 나는 이것들이 칠레에 관한 것일 뿐 아니라, 우리 지구와 우리 시대의 고통받는 다른 여러 나라들에 관해서도 얘기하고 있음을 깨닫게 되었다. 그런 나라들 중에는 물론 한국이 있었다. 나의 조국을 억압하는 세력과 같은 세력들에 대한 한국의 감탄할 만하고 용감한 저항이 있었다.

  그렇다면 이 시들은 우리 두 나라 국민이 함께 나누는 인간애를 위해,

그리고 공통적 기반을 찾는 방법으로서 씌어진 것이기도 하다.

나는 싼띠아고의 무덤들에서 밝게 빛나는 그 목소리들이, 나의 형제자매이기도 한 한국 독자들의 눈과 가슴에 이 책이 다다를 때 그것을 에워쌀 공기 중에 또한 살아있을 것임을 확신한다.

1998년 3월 25일
아리엘 도르프만

차례

제2부 아무에게도 보여주지 않으려던 시들

제1부

없어지고,
안 보이고,
사라진 사람들

첫번째 서시: 동시통역

나는
끝없이 이어지는 국제회의장에서
유리 칸막이 방에 앉아
딸까*에서 온 농부가 고문에 관해 하는 말을
통역하는 통역사들과 별로 다르지 않다
그자들이 그를 고문대 위에 눕혔다는 말을 영어로 반복하고
가장 세련되고 섬세한 불어로
전기고문이 지속적인 전이성 후유증을 남긴다고 진술하고
개새끼들한테 강간당했다는 말에 꼭 들어맞는 낱말을 찾아내는
빠우 다라라 나는 그 살인자놈들에게 욕을 해댔소
당신 등뒤엔 벽이 있고
사격조 조장이 "발사"라고 외치기 시작할 때
그때의 기분을 정확히 담아내는 어구를
아무 감정 없이 찾아내고,
──여기서 운율이 느껴진다면 부디 용서하시라──
문장에서 멜로드라마를 덜어내려 애쓰면서
그것이 진짜 하려는 얘기의
어둡고 끈끈한 흐름에 휩쓸리지 않고
핵심과 느낌을 전달하려 노력하는
놈들은 내 아들을 옆방에서 고문하고 있었소

놈들이 우리 동지를 의식불명인 채로 다시 끌고 왔어요
놈들이 우리 여성동지의 몸 속에 쥐를 집어넣었단 말이오 정말이오.
통역사들과 별로 다르지 않다.
그들의 목소리 그들의 사전 그들의 메모 그들의
                    교양 일이 끝나면 제네바 뉴욕 헤이그에 있는
집으로 돌아가는 그들과,
일개 중개인, 다리랄 수조차 없는,
전문가란 이유로
두둑이 보수 받고 동시통역이나 해주는 우리들
그러나 놀랍게도 그런 우리들에도 불구하고
나의 번역과 말투의 강에도 불구하고
무엇인가 전달된다
그 비명의 한 자락
피의 덤불
견딜 수 없는 눈물 몇 방울
인류는 무엇인가 듣고
마음이 움직인다.

* 딸까(Talca): 싼띠아고 남쪽에 위치하는 딸까지방 혹은 그 수도. 밀과 와인의 생산지이자 성
  냥, 담배 등의 제조업도 발달. — 역자주. 이하 주는 모두 역자의 것임.

레드 테이프*

정보를 알아내고 확인한다 경찰서에 가고
그 다음에는 연대본부를 찾아간다 변호사를 선임하고
탄원서에 서명하고 여기저기 문을 두드리고 다니기 시작한다 친척들 하
고 얘기해보고
옛 여자친구들한테 전화하고 힘깨나 있는 사람들을 찾아내고 법정에
탄원서를 제출한다 석방된 복역수들하고도 얘기해보고 소문에도 귀기
울이고
다시 탄원하고 상소하고 다른 부모들과의 모임에도 참석한다
사진을 복사하고 외국기자들한테 말해보고 편지를 또 한장 써 부친다 웬
차가 집
앞에 멈춰서면 한밤중이라도 벌떡 일어나고 네 약혼녀가
결혼한다는 소식을 듣고 네가 중학교 때 쓴 작문 공책을 다시 한번
읽어보고 대법원에 소원(訴願)하고 길을 내다본다

겨우
네 시신을
땅에 묻을 수나 있도록,
네 어머니가
꽃을
들고 찾아갈 데나 얻으려고

(넌 국화를 좋아했지만
그건 너무 비싸고 말이다)
주일이나
위령의
날*에.

* 레드 테이프(red tape): 관청에서 통용되는 형식이나 절차, 특히 지나치게 까다롭고 낭비적
인 관료주의적 형식을 뜻하는 말.
* 위령의 날: All Souls' Day. 11월 2일이지만 11월 2일이 일요일인 경우는 11월 3일. 연옥을
헤매는 모든 망자의 영혼이 구원받기를 기도하는 날로 천주교와 성공회 일부에서 지냄.

그앤 이제 젖니를 거의 다 갈았어요

로베르또 아저씨랑 같이 있는
저 남잔 누구야, 누구?

　　　　　　아, 애야, 네 아버지란다

왜 아빠 날 보러
한번도 안 와?

　　　　　　오실 수가 없어서 그렇단다

아빤 죽었어?
그래서
한번도 집에 안 오는 거야?

　　　　　그애한테 아빠가
　　　　　살아 있다고 말해도
　　　　　거짓말이고
　　　　　그애한테 아빠가
　　　　　죽었다고 말해도
　　　　　거짓말이다

그래서 나는 그애한테 내가
유일하게 해줄 수 있는
거짓이 아닌 말을 한다

　　　아빠는 집에 한번도 오시지 않아
　　　오실 수가 없어서 그렇단다.

희망

에드가르도 엔리께쓰 1세를 위하여
에드가르도 엔리께쓰 2세를 위하여

내 아들이
작년
5월 8일부터
행방불명이오.

그냥 서너 시간이면 된다고
그냥 의례적인 조사라고
말하면서
그놈들은 내 아이를 데려갔다오.

그 차가 떠난 다음에는,
번호판 없는 그 차가 떠난 다음에는,
우린

알아낼 수 없었소

그애 소식이라고는
아무것도.

그러나 이제 사정이 달라졌소.
갓 출감한 동지가 전하는 소식을 들었소
잡아간 지 다섯달이 지난 뒤에도
놈들이 그애를 고문하고 있었다고요
비야 그리말디*에서,
9월말
그리말디가(家) 소유의
그 빨간 집에서,
놈들이 우리 애를 조사하고 있었다고 말이오.

        사람들 말로는
        그애 목소리로 그애 비명소리로
        그앤 줄 알 수 있었다는 게요
        사람들 말로는.

누군가 나한테 말 좀 해달라 솔직하게
도대체 어떻게 된 시절이고
어떤 세상이며
어떤 나란지?

내가 알고 싶은 것은 이거다
놈들이
그놈들이 아직도
제 자식을
고문하고 있다는 걸
알게 되는 게
어떻게 해서
한 애비의
기쁨이자
한 에미의
기쁨이
되는지 말이다
그건
그애가 잡혀간 지 다섯달 될 때까지는
아직 살아 있었다는 뜻이고,
우리의 최대
희망은
놈들이 그애를 고문하고 있다는 소식을
내년에
듣게 되는 것이다

여덟달이 지난 뒤에도 여전히

그리고 그는 아직도   아마도   어쩌면

살아 있을지도 모른다.

＊비야 그리말디(Villa Grimaldi): 싼띠아고의 교외 라 레이나(La Reina)에 있는 대저택으로 삐노체뜨 정권의 비밀경찰조직인 정보부(DINA)가 고문 장소로 사용했음. 정보부의 고문 담당관들이 "웃음의 궁전"이라고 부른 이 장소는 뜨레스 알라모스(Tres Alamos), 론드레스가 38번지(Londres 38)와 함께 3대 고문쎈터였음.

옥수수빵

우리 어머니는 그 일하고는
          아무 상관이 없었다.

우리 어머니란 이유로
그놈들은 그분을 데려갔다.
어머니는 아무것도 몰랐다
정말
전혀 아무것도.

          한번 생각해보라.
          어머니가 당했을 고통보다도
          그분이 얼마나 놀랐을까 생각해보라.
          이 세상에
                    그런
          인간들이 있다는 걸
          짐작조차 못했을 테니.

이년 반이 다 됐는데도
어머니는 아직 돌아오지 않았다.
놈들은 부엌으로 들어와서

스토브 위에
끓고 있는 주전자를
그냥 내버려두고 갔다
아버지가 집에 돌아와
스토브 위에서 김을 내뿜다가
        다 말라버린
주전자를 발견했을 즈음에는
어머니의 앞치마는 사라지고 보이지 않았다.

　　한번 생각해보라
　　　　그분이 놈들을 어떻게 쳐다봤을지를
　　　　이년 반 동안이나,
　　　　그분이 얼마나……
　　　　생각해보라
　　　　　　그분의 눈을 향해
　　　　이년 반 동안이나
　　　　내려오는 눈가리개를
　　　　이 세상에 있어서는 안될 바로 그 인간들이
　　　　　　또다시
　　　　그분에게 다가오는 것을.

그분은 나의 어머니셨다.

나는 어머니가 영영 돌아오지 않기를 바란다.

그의 눈은 참새를 지켜본다*

용서하소서, 주님,
이 탄원서를 보내는 저희를.
그렇지만 저희는 달리 호소할 데가 없습니다.
군사정권은 대답해주려 하지 않고,
신문은 농이나 하지 않으면 침묵하며,
고등법원은 피고측의 항고는 받아들이려 하지 않고,
대법원은 저희에게 소원(訴願)을
중지하고 단념하라고 명했습니다.
그리고 어떤 경찰서에서도
그애 가족이 내는
이 탄원서를
감히
접수하려 하지 않습니다.

어디서나 함께 하시는 주님, 당신께서는
        비야 그리말디*
        에도
        계셨습니까?

그 누구도

꼴로니아 딩니다드*에서,
혹은 론드레스가(街)*에 있는 지하실에서,
혹은 육군사관학교* 맨 위층에서
결코 빠져나올 수 없다고 들었습니다.

        당신께서도 그곳에 계셨습니까?

당신께서 그곳에 계셨다면,
당신께서 정말 어디서나 함께 하신다면,
제발 저희 말에 답해주십시오.
당신께서 거기 계실 때
저희 아들 헤라르도를
보셨습니까? 주님, 그 아이는
당신의 성전에서 세례를 받았습니다,
넷 중에서
제일 반항적이고 제일 다정한 헤라르도 말입니다.
당신께서 그 아이를 기억하지 못하신다면
스냅사진을 한장 보내드리겠습니다
주일날
공원에서 흔히 찍는 그런 것으로요,

저희가 그 아이를 마지막 본 것은
저녁 식사를 막 끝냈을 때였습니다,
그날 밤 그들이
대문을 두드릴 때,
그애는 푸른빛 웃도리에
빛바랜 청바지를 입고 있었어요.
틀림없이 그앤 지금도 그걸 입고 있을 겁니다.

모든 것을 보시는 주님, 당신께서는
그 아이를
보셨습니까?

* 참새 같은 하찮은 것의 죽음에도 하느님의 섭리가 깃들여 있다는 기독교 복음서의 한 구절을
  시사. 『마태 복음』 10장 29절과 셰익스피어의 『햄릿』 5막 2장 192~193행 참조.
* 비야 그리말디, 꼴로니아 딩니다드(Colonia Dignidad), 론드레스가(Londres 38), 육군사관
  학교는 모두 고문하는 데 사용된 장소. 앞의 시 「희망」의 역자주 참조.

둘 곱하기 둘

동지여, 감방에서
그 방까지
몇 걸음 걸리는지 우리 모두 알고 있다오.

스무 걸음이라면
화장실로 그대를 데려가는 게 아니라오.
마흔다섯 걸음이라면
운동하라고
그대를 데리고 나가는 건 절대 아니라오.

여든 걸음을 세고 나서
장님처럼 고꾸라지듯이
층계를 오르기
시작하면
오, 여든 걸음이 넘는다면
오직 한 군데가 있을 뿐이오
그들이 그대를 끌고 갈 수 있는 곳은.
오직 한 군데가 있을 뿐이오
오직 한 군데가 있을 뿐이오
그들이 그대를 끌고 갈 수 있는 곳은

이제는 오직 한 군데밖에 없다오.

유언장

내가 억류자가 아니라고
그들이 말해도
그들을 믿지 말라.
언젠가는
그들도 그것을 인정해야만 하리니.
나를 풀어줬다고
그들이 말해도
그들을 믿지 말라.
언젠가는
그들도 그게 거짓임을
인정해야만 하리니.
내가 당을 배반했다고
그들이 말해도
그들을 믿지 말라.
언젠가는
그들도 내가 충성했음을
인정해야만 하리니.
내가 프랑스에 있다고
그들이 말해도
그들을 믿지 말라.

그들을 믿지 말라
내 가짜 신분증을
그들이 보여줘도 그들을 믿지 말라.
그들을 믿지 말라
내 시신을 찍은 사진을
그들이 보여줘도 그들을 믿지 말라.
그들을 믿지 말라 달이 달이라고
그들이 말해도,
달이 달이고,
이것이 내 목소리를 녹음한 것이며,
이것이 내가 자백서에 써넣은 서명이라고
그들이 말한다 할지라도,
나무를 나무라고
그들이 말한다 할지라도
그들을 믿지 말라,
믿지 말라
그들이 당신에게 하는 그 어떤 말도
그들이 맹세하는 그 어떤 것도
그들이 당신에게 보여주는 그 어떤 것도,
그들을 믿지 말라.

그리고 마침내
시신을 확인하라고
그들이 당신을 부르는
그날이
와서
당신이 나를 보고
어떤 목소리가
우리가 그를 죽였어
그 불쌍한 새끼가 죽어버렸어
그는 죽었어라고 말해도,
내가
완벽히 완전히 확실히
죽었다고
그들이 당신에게 말해도
그들을 믿지 말라,
그들을 믿지 말라,
그들을 믿지 말라.

기념일

그리고 매년 9월 19일이 되면
(머지않아 4년째가 되는구나,
세월이 벌써 그렇게 많이 흘렀나?)
나는 그녀에게 다시 물어야 하리라
무슨 소식이 있느냐고,
무슨 얘기를 들은 게 있느냐고,

그러면 그녀는 아니오, 정말 고맙습니다,
마음 써주셔서 고맙습니다라고 말하겠지만
그녀의 두 눈은
맨 처음 만났을 때 했던 얘기를
소리없이
계속하리라
(머지않아 3년째가 되는구나 —
어떻게 그럴 수가 있지?)
아니오, 정말 고맙습니다,
마음 써주셔서 고맙습니다,
하지만 저는 과부가 아니에요
그러니 저를 찾아오지 마세요,
저한테 아무것도 요구하지 마세요,

저는 당신하고 결혼할 생각이 없어요,
저는 과부가 아니에요,
저는 과부가 아니에요
아직은요.

신원*

뭐라고요 —— 한 구 더 발견했다고요?
—— 잘 안 들려요 —— 오늘 아침
시체가 하나 더
강에 떠올랐다고요?
더 크게 말하세요 —— 그래서 당신은 엄두도 못 냈고
아무도 그의 신원을 확인할 수 없다고요?
            그의 어머니라도
            그를 낳은 어머니라도
            어머니조차도 확인할 수 없을 거라고
경찰이 말했단 말이지요
그들이 그렇게 얘기했다고요?
다른 여자들이 이미 확인해보려 했는데 —— 당신 애길
                    난 통 알아들을 수가 없네요,
그 여자들이 그를 뒤집어서 얼굴도 보고, 손도 보고
                    봤단 말이지요,
        아 그래요,
그 여자들이 다 함께 기다리고 있다고요,
조용히, 애도하며,
강둑에서,
그 여자들이 그를 강물에서 건져냈는데

벌거벗은 채라고요
             이 세상에 태어나던 그날처럼,
경감이 한 명 거기 있고
내가 도착하기 전엔 그 여자들이 안 떠날 거라고요?
그가 누구네 식구인지 모른다고요,
그가 누구네 식구인지 모른다고 했나요?

        나는 지금 옷 갈아입는 중이라고 전해주세요,
             지금 떠난다고
        만일 그 경감이
             지난번 그 사람이라면
        무슨 일이 벌어질지
             알고 있을걸요.
             그 시체는 내 이름을 가지게 될 거예요
             내 아들의 이름을 내 남편의 이름을
                  내 아버지의
        이름을
내가 서류에 서명할 거라고 전해주세요
        지금 그쪽으로 가는 중이라고 전해줘요,
             날 기다려달라고

그 경감이 그를 만지지 못하게 해주세요
경감이 그에게 한걸음도 더 다가가지 못하게 해줘요.

걱정들 말라고 전해주세요:
죽은 내 식구들은 내 손으로 묻을 수 있다고요.

* 강물을 따라 떠내려온 시체와 사라진 가족을 찾는 여인들은 도르프만의 1983년 소설 『과부들』(Widows)의 소재이기도 하다. 에우리피데스의 비극 『헤큐바』(Hecuba)를 참조할 것.

방금 버스를 놓쳐서 회사엔 좀 늦겠습니다

당신을 위해 통곡하려면 내 눈으로 오줌을 눠야 하리라
침을 흘리고, 땀을 흘리고, 한숨을 쉬어야 하리라 내 눈으로
폭포수를 쏟고
포도주를 부어내고
짓이겨진 포도처럼 죽어야 하리라
내 눈으로
독수리를 내뱉고 담즙빛의 침묵을 토하고
짐승들한테 좋은 것도 아니고
전리품으로도 쓸모없는
말라 비틀어진 살갗을 벗어던져야 하리라
나는 이 상처를
이 전쟁을
통곡해 알려야 하리라
우리를 애도하려면.

먼저 의자를 가지런히 놓고
그 위에 담요를 덮어씌우자. 그럼
우리만의 근사한 작은 집이 생기겠지. 자,
이제 난 아빠 넌 엄마 흉내를 내기로 해.
우리가 잠들었다고 생각하고 엄마 아빠가
얘기할 때랑 똑같이 해보자, 알았지?*

만일 그들이 나를 잡으려고 한밤중에 들이닥치면……
　　　그럼 난 어떻게 해야 될지 아는 엄마 흉내를 내는 거야──
　　　아침이 될 때까지 기다렸다가
　　　돈 알폰쏘 변호사를 만나러 가지요.
만일 그들이 대낮에 찾아온다면……
　　　그럼 저는 당을 통해
　　　레안드로에게 알리지요.
그런데 그들이 당신을 감시하는지 잘 살펴봐야 되오.
　　　그런데 그들이 저를 감시하는지 잘 살펴봐야 되지요.

만일 그들이 당신마저 잡아가면?
　　　그런 일은 결코 없을 거예요.
그렇지만 당신마저 잡아가기로 작정하면?
　　　그럼 내가
　　　　　　맏애 후안이,

어떻게 해야 될지 알 거예요
라고 말하는 엄마라고 생각해봐.

자, 이제 엄마 아빠가 우리 얘기를 한다.
　　　엄마 아빠가 우리 얘기를 해?
너랑 나랑 후안 형 얘기를 말이야,
기억 안나?
　　　하지만 난 언제나
　　　잠들어버리는걸.

만일 그들이 애들을 잡아가면 어떻게 해요?
네가 엄마라면
그게 바로 네가 물어봐야 될 말이야.
　　　그게 내가 물어봐야 될 말이야?
　　　그들이 애들을 잡아가면 어떻게 해요?
　　　그게 내가 물어볼 말이야, 맞지?
그럼 난 소리를 버럭 지르면서
그런 멍청한 질문은 하지도 마,
그놈들도 그런 짓은 안할 거야
라고 말하는 아빠 흉내를 내는 거야.

그럼 내가 엄마라면
그때 내가 무슨 말을 했어야 되는 거지?
그때 내가 무슨 말을 해야 되는 거야?

아무 말도 하지 마.
그냥 잠자코 있어.
꼭 지금처럼 말이야.

* 같은 내용을 담고 있는 도르프만의 단편 「우리 집에 불났어」(『우리 집에 불났어』 창작과비평
  사 1998)를 참조할 것.

감방의 다른 동지들은
잠들었다

그 집에
　　하나뿐인 침실로 당신은 들어간다
애들을
　　깨우지 않으려고
　　당신은 불을 켜지 않는다.

　　당신은 어둠속에서 옷을 벗고
　　담요 밑으로 손을 집어넣어
막내아이의
　　따뜻한 잠을 만져본다,
　　내가 모르는 그 딸아이,
　　나중에 태어난 그 딸아이.
　　당신은 벌거벗은 채 거기 서 있을 뿐
　　잠자리로 들어가지 않는다,
　　당신의 두 눈은
우리 아이들의
　　숨소리에 닿을 듯 부릅떠 있다.

　　내일 당신은 감옥에 가봐야 하고

그들은 당신에게 아니라고 말할 것이다,
내일 당신은 일자리를 찾아봐야 하고,
내일 당신은 신용대출을 해달라고 부탁해봐야 한다
그러면 언제나 안돼, 언제나 똑같이 안돼,
내일

다시 오시오
그러나, 쉬, 우리 울지 않기로 하자
──두려워하지 말라
당신은 해낼 수 있다
그들은 모두 잠들었고──
　　어둠은
아이들로 그득하다.

나는 그이가 어디 사는지 몰라요. 우린
서로 잘 안 맞아서 헤어지기로 했어요.
애들은 나랑 같이 살고 그는 이따금
나한테 편지를 보내곤 하지요. 발신인 주소는 없어요.
내가 당신네들한테 말해줄 수 있는 건 그게 전부예요

나는 말이에요
당신을 찾아내려면
당신 추억과 함께
자야 해요
　　가끔
　　운이 좋으면
　　당신은 돌아오겠지요
　　　　나중에
　　대개
　　내 꿈속에서.

비밀경찰은 말이에요 믿어도 좋아요
　　　　　　그들이 꿈을 통해 나를 찾고 있진 않다는 것을
언젠지는 모르지만 어느날 밤
그들이 만일 나를 찾아내더라도
　　　　─브레이크 밟는 소리

움직이는 차에서
뛰어내리는 사내들 소리
가까이 다가오는 발자국 소리가
나를 깨우겠지요——
당신은 모를 거예요
나를 보호하고
나를 찾아뵐
당신은 여기 없을 거예요
　　——그들은 당신한테
　　나를 체포하지 않았다고 말하겠지요——
나중에.

심증

만일 그이가 죽었다면
난 알 수 있을 거예요.
어떻게냐고는 묻지 마세요.
그냥 알 수 있어요.

나는 아무런 확증도 없어요.
아무 단서도, 아무 대답도,
뭘 증명하거나 부정할
근거도 하나 없어요.
      저기 하늘이 걸려 있네요,
      언제나처럼
      똑같은 파란색으로요.
그러나 그게 무슨 증거는 못 되지요.
만행은 계속되고
하늘은 결코 변하지 않아요.
      저기 아이들이 있네요.
      놀이를 끝냈어요.
      아이들은 이제 곧 한떼의
      야생마처럼
      마셔대기 시작하겠지요.

오늘밤 아이들은 베개에
머리를 대자마자
잠들어버리겠지요.
그렇지만 누가 그것을
아이들의 아버지가
아직 죽지 않았다는
증거로
받아들일까요?
광기는 계속되고
아이들은 언제나 역시 아이들이에요.
　　글쎄, 저기 새가 한 마리 있네요
　　—— 날면서 공중에
　　정지하는 그런 새
　　날개만 하늘에 떠 있고
　　몸은 거의 보이지 않는 새 ——
　　저 새가 매일같이 와요
　　같은 시간에
　　같은 꽃한테
　　언제나처럼요.
그것 역시 아무것도 증명해주지 않아요.

모든 게 그 사람들이 그이를 데려간 그날하고 똑같아요.

마치 아무 일도 일어나지 않았고
우리는 그냥 그이가 일터에서
집으로 돌아오기를 기다리고 있는 것처럼요.
아무 흔적도, 아무 단서도,
뭘 증명하거나 부정할
근거도 하나 없어요.

그러나 그이가 죽었다면
난 알 수 있을 거예요.
그냥 그래요,
어떻게냐고는 묻지 마세요.
만일 당신이 살아 있지 않다면
난 알 수 있어요.

혼례식

아침마다 내가 눈을 뜨면
　　　　　그대는 또다시 죽는다오
그대는 또다시 죽는다오
내 꿈속에서 놈들은 방금 막
　　　　　그대를 죽여버렸고
그대는 더이상 살아 있지 않다오
　　　　　알아듣겠소?
내 꿈속에서 놈들이 하는 짓을
멈추게 할 도리가 내겐 전혀 없다오.

주일날마다 나는 혼례복을 꺼내입고,
그대의 아버지를 뵈러 간다오
　　　　　같이 사진첩을 펼치고,
포도주와 비스킷 기분 좋은 말을
　　　　　주고받으며,
우리 둘 다 그대가 언젠가는 돌아오리라 믿는다오,
　　　그러나 내가 눈을 뜰 때 놈들이 죽이는 그 얼굴은
밤마다 산산조각으로 부서지는 그 얼굴은
그대 아버지가 고스란히 간직해둔 사진들 틈에선, 알아듣겠소?
　　　　　전혀 찾아볼 수 없다오.

내가 그대를 내 꿈에서조차 잃어야 하겠소?
적어도 밤은 내게 허락해주오
어둠속에서, 살아, 내 곁에 있는, 그대를 꿈꿀 수 있도록,
저 멀리 사진첩에서 만진
                        반향처럼 조용하고 따스한 그대의 얼굴을,
밤을 허락해주오 추억과 모습들을 불러낼 수 있도록,
어머니, 할머니, 신혼여행,
추억과 모습과 사진과 밤들
그대가 이제는 결코
                        알아듣겠소?
가질 수 없는 그것들을.
그리고 나서
내가 눈을 뜨면
            새벽에 눈을 뜨면
내 꿈속에서 놈들이 그대에게 한 짓을
놈들은 그대에게 이미 해치워버린 다음이라오
놈들은 그대에게 이미 해치워버린 다음이라오
                            돌이킬 수 없이.
나는 차츰 살기 시작한다오, 차츰 숨쉬기 시작한다오

둘을 위하여, 셋을, 여섯을,
이제는 그대가 낳을 수 없는 우리 아이들 모두를 위하여.

내 꿈속에서 그리고 새벽녘에
그곳에서
그대는 비명을 지르고 그대는
                    비명을 지르고
내겐 아무 도리도 없다오
알아듣겠소?
            그대를
멈추게 할.

가끔 나는 그 시트로엥차를 본다. 그들은
차의 번호판을 바꾸고 색도
다시 칠했다. 그러나 법원을 나서면서
나는 그 차가 시동이 걸린 채로
그때 그 남자들과 함께 거기 있는 것을 본다.

녀석을 거의 칠 뻔했다.
                        그 개가
너무나 갑자기
            길로 뛰어들었다
                    그날 일요일날
우리는 한참 노래를 부르고 있었는데
        멜리뻬야*로 가는 동안 우리 다섯은 내내 노래를 불렀다
왜냐하면 일요일날이었고
        우리는 소풍가는 길이었으니까
                해가 정말 찬란하게 빛나고 있었다.
                    그 개가
살아 움직이는 비명처럼
목구멍을 걷어차는 발길질처럼 나타났다
        땅색인지 커피색인지 기억이 잘 안 난다
녀석이 우리 앞으로 뛰어들었다
마치 악마가 쫓아오기라도 하는 것처럼

아니면 아주 단단한 뼈다귀를
　　　　　　　우리가 통째로 삼켜버리기라도 한 것처럼.
　　　차바퀴가 찍— 소리를 내고
저 개 조심해
조심해
　　　그리고 우리는
　　　　　나무를 들이받고 나서야
멈춰섰다.
당신은 차를 살펴보려고 내렸다.
　　　　　　　　그리고 빙그레 웃었다.
모두들 이리 와봐.
　　　운좋은 녀석,
긁히지도 않았잖아라고 당신은 말했다.
　　　그리고 아이들이
　　　　　울음을 그칠 때까지
당신은 빙그레 웃고
　　　또 웃었다.
나는 무슨 말이든 해야 할 것 같아 범퍼가 망가졌는데요라고 말했다.
쇠로 된 눈처럼 움푹 패이고
하얀 입술처럼 비틀어졌어요.

그 화창한 일요일날
            어디서 그 말들이 나온 것일까?
당신은 몸집 큰 상냥한 사자처럼 머리를 저었다.
            범퍼가? 그건 쉽게 수리할 수 있어.
그리고 당신은 산꼭대기에 선 옛 선지자처럼
두 손을 들어올리며 아이들에게 말했다.
애들아, 수리할 수 없는 게 이 세상에 딱 한가지 있는데,
그건 바로 무슨 기적처럼 숨쉬며 살아 있는 것의 생명을 빼앗는 일이란
다.
            그렇게 말하고
            당신은 빙그레 웃었다.
그러나 아마도 거무스름한 나무껍질에
            입 벌린 그 차가운 상처를
본 게 우리를 슬프게 만든 탓인지
            그날 소풍길에서
우리는 다시는 그 노래를 부르지 않았다.

            우리는 범퍼를 고칠
            겨를이 전혀 없었다.
            이틀 후, 화요일날,

그들이 당신을 잡으러 왔다.
그들은 우리 집을 나서면서
길가에 세워놓은 그 차를 보았다.
저 시트로엥 차도 끌고 가자,
　　그들은 말했다,
이 친구한테 동무나 해주라고.

그날 집에 돌아오는 길에,
열시쯤이었을까 아이들은 잠들었고,
당신은 멜리뻬야 근처 그곳에 차를 조심스레 세웠다.
우리는 볼 수 없었지만 거긴 바로 그곳이었다.
우리는 볼 수 없었다 마치 누군가
우리 눈을
까만 헝겊으로 가린 것처럼.
　　그러나 당신은 문을 열었고
우리는 바로 옆 연못에서
　　개구리들이 개굴거리며 우는 소리를 들었다
그리고 나는 반달이
　　별들과
　　잘 여문 하늘 사이에서

커지는 것을 보았다.
당신은 손전등을 켜고 덤불과 나무들 사이를
　　　　　　　　　　　샅샅이 살핀 다음
길가의 돌멩이들 틈에 웅크리고 앉았다.
비명지르는 불빛의 외침처럼
트럭들이 지나가면서
　　　　시트로엥 차를 떨리게 만들었다
그러나 당신은 보이지 않고
　　　　손전등의 불빛만 보였다
멀리 밤새도록
　　　　　　오락가락하는
기차의 유리창처럼.
　　　다시 차에 올라탔을 때,
　　　　　　당신은 안도의 한숨을 내쉬었다.
　　　개를 친 게 아닌가봐.
　　　　　쳤을까봐 걱정했는데
아무 흔적도 찾을 수 없어, 아무런 자국도.
　　　운 좋은 녀석,
　　　　　긁히지도 않았어라고 당신은 말했다.
집에 오는 동안

당신은 내내 그 노래를 휘파람으로 불렀다 느리게
애들한테 들릴세라 아주 느리게,
            충만한 거리를 두고
아이들의 꿈을 살며시 반주하면서
당신은 그 일요일날 아침
            살아 움직이는 비명처럼
            갑자기
중단된 그 노래를 휘파람으로 부르고 있었다
            그날 햇살은 그토록 빛났고
당신의 얼굴은 그림자에 잠겨 있었다
            그러나 나는 알고 있다 당신이
            점점 더 깊어가는 어둠속에서 빙그레 웃고 있었다는 것을.

* 멜리삐야(Melipilla): 쌘띠아고 서쪽의 도시.

생활비

이사벨 레뗄리에르를 위하여

이제 그들은 그이를 법령으로 죽이고
나를 과부답게 굴도록 만들기를 원하고 있다
지나가는 사람들마다 붙잡고 그이의 사진을 보여주면서
길거리를 뒤지고 다니는 짓은 그만두고 말이다.

마치 그이가 어디 먼 전쟁터에서 죽은 것처럼
그들은 나더러 연금을 신청하라고 권한다
그들은 나더러 내 아이들의 교과서 살 돈을
신청하라고 권한다.
그게 그들이 원하는 것이다
           내가 그이의 사진을 내 부모님 사진 옆에
담담하게 치워놓고
연금이라고 받은 돈으로
           매일
우유나 사러 나가기를 원하는 것이다.

그러나 그들은 이해하지 못하는 것 같다.
나는 그이의 사진을 담담하게 치워놓고 싶다,
진정으로

그게 바로 내가 원하는 것이고
그게 바로 내가 하려는 일이다
                        이 집안에
교과서가 넘쳐나거나
심지어 음식이 남아돌아서가 아니다.
뭔가 다른 일이 내가
            그 사진을
                치워놓기 전에 해야 할 뭔가 다른 일이 있기 때문이다
그걸 그들이 이해할 수 있을지 모르겠다.
그게 별달리 이상한 일도 아니고
그냥 정상적인 일일 뿐인데:
나는 단지 그자의 얼굴을 보고 싶을 뿐이다
                그이를 죽인 자의.
복수를 위해서도 아니고, 화가 난 것도 아니다.
나는 단지 그자의 얼굴을 보고 싶을 뿐이다
            아니면 그이를 죽인
                총알을 사온
                자의 얼굴을.

아무튼 그렇게 단순한 일이다

어린애라도 이해할 수 있을 것이다.
교과서들에
          관해서는 결코 의심하지 말라
그 책들은 내가 살 작정이다

그게 그이를 죽인 자에게
          내가 하고 싶은 말이다.

그자가 내 아이들에게 우유를 사주지는 않을 것이다
그자가 내 아이들에게
          우유를 사주도록 내버려둘 수는 없다.
그게 내가 하고 싶은 말이다
          그자에게 한번 날 이해해보라고 하라.
그자가 이해하기를 나는 원한다.
내가 그자의 얼굴을 똑바로 바라보는 동안
내가 그이를 죽인 자의 얼굴을
                ── 담담히 ──
계속 찾는 동안.

서신왕래

1970년 9월 4일 칠레 최후의 자유로운 대통령 선거에서
쌀바도르 아옌데에게 표를 던진 모든 이들에게 바친다.

그후
그들이 너를 잡으러 온 그후
　　　　　　　　여러 날 동안
계속 편지가 왔다
여러 주
　　　　　　　　여러 달 동안
너를 아는 사람들한테서,
내가 지금도 간직하고 있는 편지들이.

그러다가 사람들은 알아챘다
　　　　　　　　언제나 그렇듯이
편지가 끊겼고
　　　　　　　　찾아오는 사람들도
폭우가
낙숫물 되듯 점점
　　　줄어들었다.

나는 그 편지들을 반송할까도 생각해보았다

개봉도 하지 않고 읽지도 않은 채로
이런 말을 달아서:

　　　　제 딸 까롤리나는 답장할

　　　　형편이 못 됨을 유감으로 생각합니다.
이런 일은 보통 그런 식으로 말한단다.
이런 일을 나는 그런 식으로 말하게 되었단다.
그러나 편지들이

　　　　　　내 손에 들러붙는구나
나는 그 편지들을 부치고 싶지 않다

　　　　　네 친구들이 그 속에 들어 있기 때문이지,
네가 집으로 데려오지 않은 친구들이,
네 친구였던 사람들이,
그 사람들이 너한테 무슨 말을 하는지 알 수 있다면 좋을 텐데

　　　　　무슨 말을 하는지 무슨 말을 했는지
내가 전혀 몰랐던

　　　　그리고 나하고 달랐던

　　　　　　　　그 사람들이,
그러나 남의 편지를 읽어서는 안되는 법이다.
그게 교양있는 사람이 지켜야 하는

　　　　　　　기본적인 규칙이지.

그런데 계속 편지를 쓰는 사람이 있다.
해마다
                9월 4일이라고 쓰고
그 밑에 알아볼 수 없는 서명을 한 카드가 도착한단다.
저는 언제나 기억할 것입니다
9월 4일을
                제가 죽는 날까지
                    라고 그 카드에는 씌어 있고,
그 다음엔 그 알아볼 수 없는 서명이 되어 있단다.
그게 누구한테서 오는 건지 누가 알겠니,
                마지막 무렵에는
우리는 거의 말을 안했고
                너는 집에서 나가고 싶어했으니까.
정치적인 이유로, 또다른 이유로,
너는 나를 구식이라고 불렀다
            내가 널 이해하지 못한다고 너는 말했지.
넌 뭐든 다 나한테 얘기하곤 했는데, 걱정거리가
                    생길 때마다 나하고 의논했는데,
너는 점점 네 자신을 걸어 잠그기 시작했고

　　　　　　　　나는 네 방문에 걸쇠가

채워지는 소리를 들었다

　　　　　　　그리고 우리는 더이상 말을 하지 않았다.

내가 대단히 구식일지는 몰라도

난 나쁜 일이 생길 거라는 건 알고 있었다,

　　　　　　나쁜 일이,

　　　　　나는 너한테 그렇게 말했고 너는 들으려 하지 않았다

　　　　　　　　너는 들으려 하지 않았다.

　　　　그래서 그 젊은이에 대해

　　　　　내가 아는 것이라고는

긴 시간이 지난 뒤에도

　　　　　아직도 그가

해마다

　　　똑같은 사랑의 말을

　　　　너한테 보내고 있다는 것뿐이란다.

걱정 마라

그 젊은이가 너를 찾아오면,

어느날 그가 너를 찾아오면,

　　　걱정 마라

난 어떻게 해야 될지 알 테니까.
내가 대문을 열면
            그 사람은 너를 찾겠지.
그러면 그를 네 방에 데려가서
깨끗이 빨아 말끔히 다린 새하얀
홑이불이 덮여 있는 네 침대를 보여주고 싶다.
우리는 네 홑이불을 매주 갈았지.
나는 그에게 네 인형과 거울과
침실 탁자 위에 놓인 편지들을 보여주고 싶다.
            하지만 그렇게 하는 건 바르지 못한 행동이겠지,
그가 너를 만나러 집에 온 건 그게 처음일 테니 말이야.
그를 곧장 응접실로 안내하는 게 나을지도 몰라
            차라도 권하고 말이야.
그리고 나서 편지들과 그의 카드들도 들고 나와야지.

넌 걱정할 필요 없단다.
내가 분별있게 아주 분별있게 행동할 테니까.
그의 이름도
            직업도 물어보지 않을게.
그가 원할 때만

네 얘기를 할게
　　　　　　　　담담하게
마치 네가 여행중이란 듯이 아니면 곧 집에 돌아올 거란 듯이.

나는 구식이야, 그게 맞는 말이야,
그리고 아마 난 너를 제대로 이해하지 못했는지도 몰라.
그러나 너 이것만은 확실히 믿어도 좋다:
　　　　　　　　그처럼 충실한 친구를
어떻게 대해야 할지 내가 알 거라는 걸 말이다.

그가 떠나기 전에
　　　　한가지 부탁은 해볼 작정이다
그에게 계속 편지 쓰라고 부탁해야겠어
　　　　　　부디 화내지 않기를 바란다
　　　　　　내가 하는 일이 옳기를 바란다.
　　그전처럼
　　　　해마다
　　똑같은 카드에
　　똑같은 말을
　　계속 쓰라고 말이다.

나는 계속 그 카드들을
            차곡차곡
                작은 다발로 묶어서
네 침실 탁자 위에 놓아둘 작정이란다.
            보통 그렇게 하지 않는다는 것은 나도 안단다,
            그게 교양있는 태도가 아니라는 것은 나도 안단다.
그러나 너는 모를 거다
그 9월 4일 카드들을
            우리가 읽을 날이 오리라고
            함께
우리 둘이 함께
            네 침실 탁자 옆에서
얘기하며 읽을 그날이 오리라고
내가 얼마나 생각하고 싶어하는지를.

쇠사슬*

나는 그들이 우리집 밖 차 안에 있는 것을 보았다
길 위에 세워놓은 파란 차 안에서 그들 네 명이
밤새도록
          담배를 피워대고
농지거리를 하고 있었다.
그리고 곧이어 전화벨이 울리고
                    그건 언제나 그들이다.
밤새도록
          엄마가 눈치채지 못하게 불을 끄고
커튼 뒤에 숨어서 그들을 내다본다.

그 차가 처음 나타난 것은
단식농성 때였다.
                우리 언니를
잡으러 왔던 차하고 같은 것은 아니다.
그자들은 집 앞에 주차하고
네 명이
                교대로
3주 동안 번갈아 지켰다.
그 차는

            이제
엄마가 무슨 일을 할 때마다 나타난다.
오늘밤 나는 그자들을 다시 보게 되리라,
다시 그들 네 명은 담배를 피워대고
                        전화벨은 울리리라.
엄마는 다른 여인 마흔 명과 함께
                    쇠사슬을 샀다
그리고 다시, 또다시 한번, 그들은 쇠사슬로 자신을
                            함께 묶으리라.

            당신은 우리 언니 사건을
조사하기를 거부한
            그 판사를 기억하는가?
엄마는 그에게 사건을 설명하고, 증명해야 할 것은 모두
                                증명했다
        저는 제 딸아이를 보았습니다, 판사님, 제 두 눈으로 보았어요.
그 말을 하고도 엄마가 판사에게 뭘 더
                    설명해줘야 했었는가?

젖가슴이 아파요, 엄마,

　　　　　　언니가 한 말은 그게 전부였다,
어서 가세요, 어서요
그놈들이 엄마를 죽이기 전에요.
그러자 판사는 그녀가 거짓말을 하고 있고,
칠레군 장교의 한마디는
　　　　　그녀의 수천 마디 말보다도
더,　　훨씬　　훨씬　　더, 가치가 있다고 했다,
　　　　엄마가 그 끔직한 병원에서
그녀를 마침내 찾아냈던
　　　　　　　　　　그날
우리 예쁜 언니, 그녀의 젖가슴은
　　　　　　　　　　아팠다.

그 판사의 집
　　　창문에는 단단한 쇠창살이 쳐 있다.
경찰이 도착할 때까지 그새
　　　몇분이면
그가 마흔 명의 여인들을 알아보기에 족한 시간이리라,
그들 한명 한명을 알아보기에.
　　　그가 커튼을 닫기 전 그새

그자들이 잡아간 딸을 찾아내기 위해서
우리 어머니가 무슨 일을 할 것인지
        깨닫기에 족한 시간이 있으리라
그해 그달 그날에
        네 명의 남자를 태운
        파란 차가 그녀의 집 앞에
        주차하기를 그칠.
그리고 새벽 세시에
        전화벨은 울리지 않는다.
그리하여 판사는 불을 끄고
왜 아무도 도우러 오지 않는지 자신에게 물으리라
                길에 늘어선 어머니들의 사슬을
모든 커튼 뒤에 숨어서
                계속해서 내다보고
                        내다보고
                        또 내다보리라.

* 삐노체뜨 정권에 의해 증발된 사람들의 가족, 특히 여인들이 매주 대법원을 찾아와 그 건물 울타리에 자신의 몸을 쇠사슬로 묶는 데모를 벌였다. 이들은 경찰이 와서 몸에 감긴 쇠사슬을 풀어줄 때까지 기다렸다가 쇠사슬이 풀리는 순간 경찰에게 꽃을 건네주었다. 쇠사슬은 사라진 사람들의 소재를 찾아 헤매는 가족들의 고통을 상징하는 것이었는데, 이 '쇠사슬 감기'(Encadenamiento) 데모는 당국에 의해 금지될 때까지 약 2년 동안 계속되었다.

일장석(日長石)*

그들은 죄수를
벽에 바싹 붙여 세운다.
군인 한 명이 그의 두 손을 묶는다.
군인의 손가락이 그에게 와닿는다──강하고
부드러운 손가락이, 작별을 고하면서.
──나를 용서하오, 동지여──
목소리가 나지막이 속삭인다.
그 목소리와
      팔에 와닿은 손가락의 반향이
그의 몸을 빛으로 가득 채운다
      단언컨대 그의 몸은 빛으로 가득 차고
그에게는 총소리가
거의 들리지 않는다.

* 일장석: sunstone. 직역하면 태양석. 회조광석(灰曹鑛石)의 일종으로 보석으로 쓰이며, 보는
  각도에 따라 황갈색 또는 적색의 반사광을 낸다.

제2부

아무에게도 보여주지 않으려던 시들

서시: 낙하산

다른 사람들은 어떤지 몰라도
그는 좌절이라는 사치를 누릴 여유가 없다.
그는 자신의 꿈은 자물쇠로 잠가두고
                          용감하게 미소짓는다
그의 뿌리는
폐허 사이에서 불타고
                          그는 용감하게 미소짓는다
점점 가까이 다가오는 카메라를 위하여
모든 모험은 흑백으로 현상되고 마는
천연색 사진이다.

(다른 사람들은 어떤지 몰라도
나는 좌절이라는 사치를 누릴 여유가 없다.
나는 언제나 하던 일을
계속해야만 한다.
내가 세상에서 가장 깊은 구덩이 둘레를 끝없이 돈다 할지라도,
불길 속에 뛰어드는 시늉을 한다 할지라도,
나의 이 두 발이 진창의 바닥 없는 어지러움을 시험한다 할지라도,
시커먼 별들의 아우성이 내 귀를 때린다 할지라도,
걱정하지 말라.

자, 여기 있다, 내가 제일 좋아하는 밧줄이,
비장의 닻이, 무늬를 새겨넣은
                          나침반이,
그리고 물이, 내 등에 난 혹 속에 숨겨둔 물이.
나는 손가락 사이에 어둠을 지니고 태양 속으로 뛰어든다,
태양에 맞설 확실한 어둠을 지니고,
그런 식으로 나는 뛰어내린다
가는 길목에서 생겨나고 으르렁대는
                      재앙을 위해서는
그 고통을 달랠 고약과 부적을 나는 가지고 있다, 보이지 않는가?
                      어떤 일도 내게 일어날 리 없다는
                      보증을 나는 받아야겠다.)

그는 위험을 무릅쓰는 게 아니다, 그대에게 내가 말하지 않았던가?
그는 침묵 속으로 사라져버리는
                      사치를 누릴 여유가 없다,
구명줄을 집에 두고 온
귀먹은 벙어리의
            ——불쌍한 귀먹은 벙어리——
멍한 얼굴이 될 위험을 무릅쓰는 사치를.

그는 이 끝없는 물밑에
바닥이 있는지 더 많은 물이 있는지
알려고조차 하지 않는다.

　　　조심하라.
　　　강으로부터 올라오는 깃발과 발(足)들 사이에서,
　　　너 자신이라는 뜻밖의 수렁을 조심해 다루라.
　　　너를 어지럽게 하는 내부의 하수구를 막으라.
　　　꽃이 제일 많이 달린 가장 좋은 나무의
　　　뿌리 밑에는 표사(漂砂)가 있다.
　　　보라: 동이 틀 때
　　　태양은
　　　결국 지는 것인지도 모른다
　　　　　　　　　그대에게는.

거지

당신은 내가 그 말을 어떤 식으로 하기를 원하는가?
리틀 레드 라이딩 후드*를 따라 세이브 미*라고?
비틀즈의 노랫말을 빌려 헬프*라고?
프랑스 사람들이 말하듯이 오 스꾸르*라고?
나는 늙고 자만심 많은 가슴을 가지고 있다.
나는 아무것도 구걸하지 않을 것이다.
나는 여기에 남을 것이다 봄
                        궁전의
왕이었던 거지처럼
그리고 나는 언젠가 어떤 이가
너무 늦기 전에 알아채주기를 바란다
내가 손을 내민 채 죽어가고 있음을
보이지 않는 손을 앞으로 내민 채
보이지 않게 울부짖는 죽은 사내를.

나를 볼 수도 있을 그 한 사람은,
그의 눈으로 내 손가락들의 검은 윤곽을 볼 수도 있을 그 사람은,
나와 마찬가지로 자지 않고 어디 저 먼곳
또 다른 종류의 우리 안에서
담요 한 귀퉁이를 나눠 덮고 있으리라,

스무 명의 사내와
한 명의 감시병으로 꽉찬 헛간에서,
감시병은 그에게 헛간 밖으로 나가
밤을 숨쉴 것을,
칠레의 여름밤이 주는 위안으로,
시원하고 향기로운 칠레의 여름밤으로,
그의 몸을 가득 채울 것을 허락치 않으리라,
밖에서 잠가놓은 문으로는
충분치 않다는 듯이
그리고 그것 너머 가시철조망으로는
그리고 그것 너머 가두 순찰대로는
그리고 그것 너머 그들 모두의 머릿속에 세워진 장벽으로는
그리고 그것 너머 개들이 지키는 국경선으로는,
그 사람은 내 말을 알아들을 수 있으리라.
우리들한테 일어나는 일은 너무도 생생하다.

*Little Red Riding - Hood: 할머니 집에 음식을 가져갔다가 할머니를 잡아먹은 늑대와
  맞닥뜨리는 동화 속의 소녀. 그림(Grimm) 형제의 동화집에 나옴.
*save me, Help, au secours: 살려달라, 도와달라는 뜻.

꽃들을 달래줄 바람이 없다

언젠가 그 꽃가루에 담긴 피가 나를 잠재울 것이다,

그 꽃가루에 담긴 피의 음절들이 나를 서서히 잠재울 것이다.

동지들이 올 것이고, 이렇게 말할 것이다: 이 친구 말야,

어떻게 된 거야, 옛날에는 아주 강했는데.

그건 아주 간단하고 아주 무섭고 아주 나다운 일이다:

나는 혼자였다 들판에 물을 대는 웅덩이처럼,

물을 내주고 별들을 숨쉬는 웅덩이처럼,

강물 한줄기도 흘러들어오지 않고,

아이 한 명 헤엄치러 오지 않는

웅덩이처럼.

그가 어떻게 된 거냐고, 내가 어떻게 될 수 있었단 말인가?

나는 하나의 매듭으로 변하고 있었다 팔들이 그처럼 길게 자라나서,

다른 손들을 찾아 팔들이 그처럼 엇갈려 뻗어나가서,

도저히 채워주기 힘든 요구가 너무나 많아서——모두 그들이 내게 요구했고,

나는 그들을 모두 만족시켰다.

신호가 거기 있었다, 나의 더듬거림으로,

나의 은밀하고, 뻔한 전보로,

내가 모든 것을 설명하지 않았다고 말하지 말라.

당신들 중 어느 누구도 그것을 해독하지 못했고

이제 나는
태양도 노랗게 얼어붙는 숲속에서
                              눈에
파묻힌
땅의 희망처럼 목숨을 지탱하고 있다.
언젠가 나는 서서히 죽을 것이다.
그 꽃가루에 담긴 피 때문에 나는 죽을 것이다.

성 죠지*

나는 거울을 여기저기 흩뿌렸다 어떤 사람들이 기차에 올라타는 식으로
어떤 사람들이
                                사과를 한입
베어물 때 느끼는 그런 열정으로
다른 사람들이 자신들의 아름다운 얼굴을 볼 수 있도록,
내 친구들이
                                하늘에서
번개를 훔쳐내어 간직할 수 있도록 모든 것이 침묵하고
소리를 울리지도 어둠속에서 빛나지도 못하는
자명종 부서진 시계들만 남아 있는 밤을 위하여
내가
                                죽은 침상의
죽은 나무로 변하는 지금 같은 밤을 위하여.

그 거울들은 어디 있는가?
그들은 어디로 갔는가, 왜 그들은 돌아오지 않는가?
내가 어디 있기에 나는 나를 구하러 오지 않는가.
                                용 죽이기.
아니면 내가 그 괴물들과 맞서야만 할 것인가
짓이겨진 눈과 허물어진 허파로?

내가 한 일과 할 일에 대한 흐릿한 기억이

끝없는 죽음의 정원에서

거미줄처럼 나를 인도할 뿐인데?

* 성 죠지(St. George) : 기독교의 성자. 처녀를 용으로부터 구해주었다는 전설의 주인공으로,
  십자군 원정에 참여한 기사들 사이에서 널리 추앙되었고, 14세기에는 영국의 수호성자가 됨.

전구 이상의 어떤 것

불가해하게도 한밤중에
새 한 마리가 노래하고 있다
노래하고 다시 또 노래한다.
나 홀로 그의 노래를 듣고 있다.
나 홀로 깨어 있다
모든 이들이
　　　　　잠들어 있는 이때.
나는 깨어 있고 혼자다.
내 친구들은 여기 없고,
내 결혼생활은 어려움에 처해 있다.
내가 한 일이
좋았는지 나빴는지
판단하려 애쓰는 지금 이때,
눈썰매*의 방향이 바뀔 적마다 그 질문이
좀더 늙었을 뿐 똑같은 나무에서 떨어지는 잎새처럼
갓난애가 되어 돌아오는 이때,
아무도 내 말을 듣지 못한다고
내가 우기고 또 우기는 이때,
그 새는 계속 노래한다
지금 그의 노래 또한

아무도 듣고 있지 않다는 듯이.
아마도 그는 나의 불빛과
새벽의 시작을 구별하지 못한 것이리라.
그는 노래하고, 동무를 구한다,
아마 그는 낮이 생각보다 일찍 돌아와
행복해하는지도 모른다.
나보다 지혜로워서,
나보다 몇백배나 작은 머리로
그처럼 더 지혜로워서.
그리고 나, 밤에 부르는 그의 노래말고는
다른 불빛을 보지 못하는 나,
나를 위한 그의 노래,
그가 나를 태양이라 생각하는 까닭에.
이제 내 아들이
오줌 누러 일어난다
정말이지 밤은 새벽으로 가득하다.
내가 박제된 게 아니라면,
아, 내가 노래할 수만 있다면
오늘 이 한밤중에도
태양이

태양이
　　어딘가 가까이서
떠오르고 있다고
확신하면서.

* 눈썰매: toboggan. 인생의 내리막길이라는 뜻도 있음.

인신보호영장

때때로 나는 나의 언젠가에서 잠을 깬다,
나의 그 뭣이라든가에서 나는 눈을 뜬다,
나를 비탄에 잠기게 하고, 나를 나 자신으로부터
　　　　　　　　　　　　떠나게 하는 어쩌면에서,
때때로 나는 나의 부재에서 잠을 깬다,
나는 그것을 피할 수 없다,
나는 아무 데도 없다,
눈을 뜰 뿐 불타는 얼음벌판에서
살아 있고, 떠다니고, 숨쉬는 얼음벌판에서,
그러나 그뿐, 단지
　　　　　　그뿐.
당신은 우리들이 여행갈 채비를 하며
밤을 온통 새우던 그 시절을 기억하는가
　　　　　　그러나 이제는 여행가방도 옷도 없다,
그리고 이번에는 새벽녘에 떠나는 게 아니다,
나는 나에게 작별인사를 하고 여기 머물 뿐
기차표도 기차도 없다.

나는 사라지고 나를 발견할 수 없다.
밤에는 창문에 불빛 하나 비치지 않는다,

둥지가 없다,
나는 나를 알아볼 수 없다
실재하지 않는 저 거울 속의 나를.
그러나 누군가가 저 멀리서
나의 출석을 요구한다.

바로 곁에서 아마도
누군가가 도움을 자청했고
나를 찾아서 온 막사를 뒤지는 중이리라,
그들은 나의 죽음을 받아들이지 않는다.
오직 동지애의 거대한 분출만이
나를 출석하게 할 수 있으리라, 나를
       세상으로 돌려보낼 수 있으리라,
내 안에서 나무를 키우고, 나를 인내 이외의 무엇인가로 무장시키고,
내가 떠다니는 차가운 물 밖으로 나를 끌어내어,
나에게 다시 살아 있으라 요구하며,
나를 위해 어제를 발명하고, 나를 지하실 밖으로 꺼내오며,
나의 그림자를 거리에서 찾아낼 수 있으리라.
무엇인가 만유인력적인
우주적 사랑 같은 것이 틀림없이 있으리라.

인간 인력(引力)의 법칙이,
바로 곁에서 작용하는 다른 모든 이들의 힘이,
어둠속에서 당신을 만들어내는 보이지 않는 손들이,
당신을 위해 죽는 누군가가,
자신의 행성을 사랑하는 태양처럼
나를 위해 한번에 조금씩 태어나는 그 누군가가,
이 중단된
       여행을 다시 한번
여행가방도 옷도 없이
시작하게 만드는 무엇인가가,
그것이 있다고 믿기가 나에게는 아직 어렵다.

제3부

역류

서시: 귀청을 찢는 듯한 저 소리는 쓰레기차 소리다

오늘 그 잔이 깨졌다.
내가 어째 그리도 어설프게 굴었을까.

그게 깨졌을 때 나는 참 슬펐다.
그건 우리가
              고국을 떠나온 뒤 곧바로 산 건데,
우리가 참 좋아한 거였다,
              우리 친구였다고
말해도 좋을 정도다.

밝은 빨강 바탕에 하얀 점이 박히고
              아침마다
이곳 생활 초창기의 그 첫 아침마다
밀크커피를 마실 때 쓴 그 잔은.

조각이 하나도 남아 있지 않도록,
날카로운 작은 파편들이 나중에
우리들의 수프나 발, 눈꺼풀에 끼여들어 우리를 습격하지 않도록,
나는 처음에는
              웅크리고 앉아서

나중에는 온통 기어다니며
미세한 조각까지 모두 잡아냈다.
야단맞은 아이가 시킨 일을 다시 할 때처럼
한없이 조심스럽게
　　　　　　　　가만히, 가만히,
그리고 천천히.
　　　　　　　우리는 그것을
　　　　　　　사년 넘게 가지고 있었다.
오늘 나는 잔 하나를 깨뜨렸고
나의 유배는 시작되었다.

점령군

쌘띠아고의 이 길 모퉁이에서
──우에르파노스와 아우마다*가 만나는──
거리(距離)는 완전히 말라 쌓여간다.

당신이 지나갈 때마다
──누군가가 꼭 한번만 더
틀어보려고 애쓰는
망가진 음반처럼──
우리가 거기서 살아 겪은 것이 갑자기 또렷해져
                              당신을 아프게 한다,
당신이 그날그날
잊어야 했던 그 모든 것이.

그 기억이 나에게도 다시 살아난다.
천천히 갑자기
                  나는 망가져가는
음반의 반향이 된다
                  기차가 지날 적마다
아주아주 부드럽게 틀어놓는.

쌴띠아고에서 당신은 그 모퉁이를 지나간다.
나는 그럴 수 없다.

* 우에르파노스(Huerfanos), 아우마다(Ahumada): 둘 다 쌴띠아고의 거리 이름. 이 두 거리
가 만나는 지점 근처에 칠레 대통령궁인 모네다궁(Palacio de la Moneda)이 있다. 삐노체
뜨 쿠데타군의 공격을 받은 아옌데는 1973년 9월 11일 오후 이곳에서 자살했다.

싼띠아고에서의 마지막 왈츠

당신이 춤춘 그 모든 것을 그들은 당신에게서 앗아간다오
그것을 그냥 앗아간다오
그냥 아무렇지도 않다는 듯이.

그들은 당신 안의 춤꾼을 죽여버린다오
그녀를 서서히 뭉개버린다오,
해골로 만들고, 연기로 만들어버린다오,
　　　　　그녀가 이 춤을
　　　　　당신과 함께 추기 전에.

그들은 당신의 룸바와 탱고를 부숴버리고,
　　　　　　　　　당신을 부숴버리고,
당신의 사육제를 오줌 속에 녹여버리고,
당신 음반의 피막에 바늘을 찔러 넣는다오.
그들은 트럼펫을 칼처럼 쓰고
　　　　　　　　당신의 바이올린을 산산이 부숴버린다오
그냥 아무렇지도 않다는 듯이.

그들은 당신을 번호 없는
벽 속에 가둔다오,

재로 덮인 거울과 노래 사이에,
그들은 당신의 손에, 당신의 발에, 당신의 쇄골에 자물쇠를 채우고
자 춤춰봐 이 병신아 춤춰
이 니미씹할, 자, 춤춰라고 말한다오,
그들은 당신을 무덤형에 처하고, 당신을 모래로 문지른다오.

그러니 춤을 춥시다
내 사랑하는 이여,
그들이 우리가 춤춘 그 모든 것을 앗아가고 있으니
—바로 지금, 점점 더 가까이 다가오는 발자국 소리를 들어보라
누군가가 반짝이는 군화를 신어보고 있다
바로 지금—
          바로 지금.

자아비판

마지막으로 한번 사실대로 말해봅시다:
우리는 그들을 알아보지 못했습니다.
그러나 그들은 거기 있었습니다.
그들의 군대식 코밑수염 뒤에,
그들의 훈장 속 깊숙이,
눈에는 눈으로 그들은 거기 있었습니다.
이에는 이로,
그리고 우리는 알지 못했습니다 우리가 그 눈들을 공급했으며
그들이 뾰족한 막대를 사용했다는 사실을,
우리는 알지 못했습니다 뽑힌 이들이 우리들의 것이었으며
그 집게는 그들의 것이었다는 사실을.
우리가 잘못했다고 말합시다: 우리는
그들의 생각을 읽을 수 없었고,
방아쇠 근처에서 맥박치는 그 핏줄을 볼 수 없었으며,
그들 심장의 채찍질 같은 고동소리를 들을 수 없었고,
그들이 제 아내를 강제하거나
당번병에게 커피를 가져오라 말할 때 지켜볼 수 없었습니다.

우리는 그 남자를 보지 못했습니다 그가 그 나무를 쳐 넘어뜨렸을 때,
그가 그 웅덩이에 대고 사정(射精)했을 때,

그가 차의 방향을 갑자기 바꿔
그 어린아이의 공을 쳤을 때.
아니면 우리가 그를 본 건가요, 그를 보는 건가요, 우리가 알았나요,
보고 알기를 원치 않는 건가요?
우리가 한 것이라곤 그의 출현을 지연시키고,
그를 미로 속에 내버려둔 것뿐이었습니다.
그가 탈출하지 않으리라 생각하면서,
그의 진짜 성격이
우리들의 말과
그리고 그 거짓말들과
우리들이 그에게 던져준 시시한 것들 속에서 길을 잃고
거기 영원히 있으리라 생각하면서.

어느날 그의 그림자가 나타났습니다.
우리는 그것을 착시라고 생각했지요.
그러자 몸체가 나타났습니다:
그게 그였습니다, 그저 그의 그림자가 아니라.

그리고 내일은?

내 안테나가 어떻게 되고 있는 게 틀림없다

나는 「제너럴 호스피틀」*이 끝났을 때 울고 있는 나 자신을 발견한다
텔레비전 멜로물 중 가장 저질에도
시시하기 짝이 없는 노랫가락에도
승강장에서의 이별에도
혹은 어린아이 손에 쥐어진 터진 풍선만 보아도
내 목구멍으로 덩어리가 치밀어오르고
내 눈이 초에 닿은 듯 쓰리고
내 코가 근질거지고
내 가슴이 두근거리며
내 호흡이 불규칙해지고
그러다가 눈물이 나오며
내 눈이 벌게지는 게
사실임을 맹세해도 좋다.

    나는 영화에 쓰이는 수법과 기법을 알고 있다
    나는 바이올린이 어떻게 우리를 조종하는지 연구했다
    나는 도리스 데이*를 욕하면서 평생을 보냈다

그러나 「제너럴 호스피틀」이 계속되는 동안
무언가 내 마음에 구름을 드리우고

무언가 축축하고 짭짤한 것이 내 뺨 위로 흘러내린다
나는 당신의 사망 소식을 들어도 돌과도 같다
비행기에서 내린 중증 상해자 명단을 받아도
            당신의 제일 친한 친구가 절뚝거려도
그들이 당신의 누이를 길 한귀퉁이에서 죽였다는 것을 알게 돼도
빈민가의 어린아이들이 그나마 구할 수만 있다면
고양이와 개를 먹으며
당신이 15개월 동안 일을 나가지 못했고
또 다른 노동자는 두들겨 맞았다는 것을 알게 돼도
어깨를 두들겨 패는 몽둥이 소리에도

내 마음이 움직이지 않는다
내 마음이 움직이지 않는다
            내가 필시 무슨 심한 병에 걸렸나보다
두렵다
두렵다
            내가 어찌 되고 있는지 두렵다
두렵다
            너무나 두렵다
            내가 어찌 되고 있는지

* 제너럴 호스피틀(General Hospital): '종합병원'이라는 뜻으로 미국의 TV 연속극. 미국 TV 멜로물 중 최장수를 누리고 있는 프로이며 멜로물의 대명사.
* 도리스 데이(Doris Day): 「Why Does the Sun Go On Shining?」이라는 감상적인 노래를 부른 미국의 여가수이자 배우.

전화. 시외전화.
나쁜 소식이오, 귀익은 목소리가 말한다.
작전을 준비해야겠소.

만약 당신이라면?
만약 이번에는
        당신이라면?

그들이 무슨 말을 하기 전에
그들이 단 한마디도 덧붙이기 전에
        어둠속을 걸어다니는 고양이처럼
        당신 생각이 나를 에듯 파고든다
        누가 걷어찬 것처럼
        그게 나를 에듯 파고든다
                        당신의 몸
        걸어다니며 어둠을 산산이 부수는
        하얀 고양이 같은

그러나 다른 사람의 이름이다, 다른 사람의
이름이다.
        갑자기
모든 게 갑자기

갑자기 꽉 움켜쥔 손의 손톱처럼
                뻣뻣하고 뒤틀린 채로 남는다
나는 안도감에 대한 외로운 전율에
                        휩싸인다
그게 당신이
        아니기 때문에.

내가 어찌
        이 말할 수 없는 안도감을 느낄 수 있단 말인가
                                고양이들처럼

        보기 싫어 내 손으로 질식시키는
더러운 고양이들처럼
내가 어찌 이런 안도감을 느낄 수 있단 말인가
이번에는
        그게
                당신이 아니기 때문에?

    나는 조심스레 그 사실들을 적는다. 나는 전화를 끊은 다음 신문사에
하나하나 차례로 전화하기 시작한다. 체포된 동지의 이름을 가르쳐주기
위하여, 내가 모르는 동지의 이름을.

전화. 시외전화. 나쁜 소식

이번에는?
　　　누군가
　　　　　　이번에는?

계획을 짜기 시작하라
　　　이번에는 그리고 그 다음
　　　　　　　　　번에는
연줄을
　　　개발하고
　　　　　　연줄을
　　　구별하고
　　　사용하는 법을 익혀라
교섭한 신문에
　　　지면이 얼마나 있는지
　　　지면이 얼마나 자꾸 줄어드는지 계산하라
연줄을
유지하라 연줄을
　　　다른 사람들이 설탕 조림이나
　　　좋아하는 옷이나
　　　포도주를 든든한 지하 저장실에 넣어두듯

언젠가를 위하여
　　언젠가 올 전화들을 위하여
　　　　　　　아직 붙잡히지 않은
　　친구들과
　　　　　　　아직 붙잡히지 않은
　　친척 동지 여성동지 투사들을 위하여
연줄들
　　　나의
　　　　빌어먹을 연줄을
오용하지 않는 법을 배우라
　　　이봐 내가 얘기 한마디 해줄까?
　　　우린
　　　　　　다른 사람들의
　　삶과
　　　　　죽음을
　　한 주일분 쇼핑목록을 작성할 때마냥
　　쉽게 값매기고 있단 말이야.

신이여 우리를 불쌍히 여기소서

나는 조심스레 그 사실들을 적는다. 나는 전화를 끊은 다음 신문사에 하나하나 차례로 전화하기 시작한다. 체포된 동지의 이름을 가르쳐주기 위하여, 내가 모르는 동지의 이름을.

기동연습

나는 항상 해안으로부터 글을 써왔다
사막의 천막처럼 누구라도 만들어 세울 수 있는
그 영원한 근접 해안으로부터
또는 바다 한가운데 있는 섬 없는 해변으로부터.

나는 알고 있다,
썰물과 밀물이 바다에게 들려줄 말이 별로 없다는 것을,
그건 누구나 알고 있다.

파도와 물고기가 오더라도,
병들과 배들이 가더라도,
항구와 절벽과 암초가,
선착장의 조수와 무수한 변화를 함께 한다 할지라도
바다는 아무런 관심도 없다
물과 바위가 조그맣고 낡아빠진 한 방울의 주도권을
놓고 다투는 해안선에는.

거대한 추나 수중의 왕국,
언제든지 터질 수 있는 지각변동,
달의 탄생이기도 한 심연,

쓰레기가 녹아버리는 심해,
화산 밖으로 최초의 연체동물을 몰고 나온 그 함성에 비하면,
내가 글을 쓰고 있는 곳인 이 해안이
내가 식사하기로 한 자리인 이 식탁 없는 식탁보가 어찌 대수로울 수 있
으랴.
그러나 내 말을 오해하지 말라.
이게 내 유일한 가락이 아니다.
그 맨발을 보라.
                무언가 신발처럼
단순한 것을 노래하는 게 잘못인가?
찢겨나간 혀의 파인 자리를 우리는 잊어야만 하는가?
날이 어두우면
                떠오르는 태양에
대한 찬미를 멈춰야 하는가?
다른 손과 맞잡은 저 손을 보라.
비난하고 결코 회의하지 않는 그 주먹 없이는
                                바흐를 연주하고 있어야 할
그 가느다란 손가락들이
                살아남을 수 없다.
찢겨나간 혀의 파인 자리를 보라.

그 맨발을 보라.
그저께의 첫번째 끼니를 구하려고
                    쓰레기를 뒤지는
그 가느다란 손가락들을 보라.
우리들은 우리들이 하겠노라고 결코 말해서는 안되는가
                         우리들이 그 선한 싸움을
하겠노라고 결코 말해서는 안되는가

그러나 나는 완전히 깨어 있는 것도 아니고,
잠이 든 것도 아닌 상태로 사는 게 어떤 것인지 언제나 알 것이다
바다가 껍질이 되는 꿈처럼
이렇게, 날아가는 삶의 날개 위에서, 이렇게, 꼭
                              이렇게,

바다 한가운데서 물의 섬이 된다는 건
쉬운 일이 아니다, 정말로.

108

어휘

1
내가 거기 없다면
　　　　　내 어찌 그들의 이야기를 들려줄 수 있으랴?

그들 둘이
　　　　멀리
낯선 길모퉁이에서 만났을 때
그들은 그게
　　　　첫만남인지
　　　　아니면 작별인지
알 수 없었다.
　　　　그 창문이 나 있는
　　　　　쿼드랭글*에서
누가 그들을 지켜보고 있는지 그들은 알 수 없었다.
　　　　움직임 하나하나를
그들의 입술 움직임 하나하나를 보고하면서.

　　　　나는 다른 나라에서 그들을 지켜보고 있었다
　　　　그래서 나는 그들의 이야기를 들려줄 수 없다.
　　　　나는 다른 나라에서 전화를 걸고 있었다

그리고 전화는 언제나 통화중이었다.

2

내가 쓸 수 있는 단어 하나를 나에게 보여달라.
동사 하나를 보여달라.
한 줄기 빛처럼 투명한 형용사 하나를.
모든 문장의 밑바닥에 조심스레 귀기울이라
모든 문장의
다락방과 가구에 쌓인 먼지에,
                    귀를 쫑긋 세우라,
잘 듣고 모든 문장의
침상 밑을 살펴보라
신부의 침상
발치에서
제 차례를 기다리는 병사들을.

단어를 꼭 하나 간직하기.
그게 무엇이겠는가?
퀴즈 쇼의 질문과도 같이.
당신이 단어 하나를

미래로 가져갈 수 있다면,
그게 무엇이겠는가?

그것을 찾아내라.
쓰레기더미 속으로 뛰어들라.
쓰레기뻘에 당신의 손을 깊숙이 찔러넣으라.
결혼 첫날밤
이었어야 했을 밤에 춤추는 발에 밟혀 부서진
거울의 파편을 당신의 주먹으로 감싸 쥐어보라.
　　　　　당신에게 한마디 말해주마.
　　　　　내가 거기 있었다 하더라도
　　　　　나는 그들의 이야기를 들려줄 수 없었을 것이다.

　　　3
　　　나는 다른 나라에서 전화를 걸고 있었다
　　　그리고 전화는 계속 통화중이었다.
　　　나는 집에 전화걸려고 애쓰고 있었다
　　　그런데 전화기가 그때 막 내가 가진 마지막 동전을
　　　　　　　　　　꿀꺽 삼켜버렸다.

4

그 이야기라면 나는 들려줄 수 없다.

그들은 다정함을 모았다

　　　　　　　　　다른 사람들이 돈을 모으듯이.

그들에게 물어보라.

전화가 통화중일지라도.

전화기가 막 당신이 가진 마지막 동전을 꿀꺽 삼켰버렸을지라도.

교환수 소리가 다른 목소리들을 모두 안 들리게 할지라도.

우리의 연인들이 여전히 필요로 할 시 한 수를 그들에게 부탁하라

우리가 다시 한번

　　　　　　　같은 강에서

몸을 씻을 수 있으려면.

그들이 그들 스스로에 대해 말하게 하라.

＊ 쿼드랭글(quadrangle): 사각형 안뜰을 둘러싼 건물.

에필로그

문 유감(有感)

물론 그것은 견딘다, 단단하고
시커멓게 그리고 닫힌다

문이 하나씩 차례로
빛 아무 빛도 보지 못하는
손들에 의해 대량
생산하는 동안 내내

문이 하나씩 차례로
잠긴 자물통 그날 밤 내내
잠들지 않는 수인의 눈 안쪽으로
바깥 간수의 그림자가 지나간다

그리고 그 열쇠 다발
물론 굴복하지 않고
걸어다니며 지켜보는
그 그림자의 손에 들려 있는

그리고 다른 자물통에서 여전히 견디면서
담금질에서 단단해지면서

결코 도착하지 않고
자신의 남편도 아닌
　　그 남편의 발자국 소리를
기다리는 여인의 귀

자물통이 하나씩 차례로
빛 아무 빛도 보지 못하는
　　　　꺼지고
　　　　견디지 못하는
빛조차도 보지 못하는
손들에 의해 대량
생산하는 동안 내내

다른 담금질에서도 여전히 단단해지면서
그러는 사이
견디고 견디며 끝나지 않는 이것의 바로 안쪽
　　　　　　　　그 문 없는 방에서
깨어난 그 아이
그리고 누군가가

걸어다니며 지켜보고
굴복하지 않는 그 그림자를
                견디는 누군가가
마지막 창문을 막 잠갔다
태양을 손가락 한마디와 손톱 사이에 집어넣었다
        잠들지 않는 수인의 눈 안쪽으로
        점점 어두워져가는 간수의 그림자가 지나간다

열쇠가 거기 있다
        그 손을 만들라
        밤새도록 생산하는
        그 손을 만들라
        출구로 꽉차게 하라

거기 그게 있다 내가 당신에게 말하지 않았던가
거기 그게 있다 거기
                그게 있다
                        그 열쇠가
물론 분명히

116

망명과 통역의 시

이종숙

1

1995년의 한 대담에서 아리엘 도르프만(Ariel Dorfman)은 "나는 칠레 안의 청중과 밖의 청중 둘 다를 향해 글을 씀으로써 망명이 안겨주는 문제들을 해결하려고 했다. 그렇게 함으로써 나는 말이 안에 있는 것과 밖에 있는 것, 외부와 내부가 만나는 곳으로 되기를 희망하고 있었다"라고 회상하면서 망명지에서 자신의 문학을 이끌어낸 근본 충동을 설명하고 있다.[1] 더 나아가 그는 망명문학의 의미를 자신의 문학세계 전반을 포괄하는 의미로 확대해서 이해할 것을 권유한다. 그의 말을 들어보자.

마찬가지로, 내가 만들어내는 인물들은 어떤 한 현실에 근거하면서도 유령

---

1) Ilan Stavans, "The Gringo's Tongue: A Conversation with Ariel Dorfman," *Michigan Quarterly Review* 34 : 3 (1995), 307면. 이하 본문 속에 면수만 표시.

이 되는——다른 현실들을 예시하는——경향을 가지고 있다. 『죽음과 소녀』
는 칠레일 수도 있는 나라(아마도 칠레일 테지만)에서 일어나지만, 그곳은
비슷한 형편에 처한 아프리카, 중동 아시아, 동유럽의 어떤 곳일 수도 있다.
… 우리는 모두 반향이다, 원형적이고 발단적인 어떤 것의 그림자다, 물림
옷이고, 잔여물이며, 앞으로 나타날 유토피아적인 어떤 것에 대한 예감이
다. (308면)

칠레의 안과 밖, 보이는 현실과 보이지 않는 '현실', 원형적 목소리와
반향, 요컨대 조국과 망명지, 그리고 그들이 은유하는 모든 대비항들이
서로 만나는 장소를 마련하는 작업이 자신의 문학이라는 것이다.

도르프만이 시사하는 바 망명문학으로서의 문학을 가장 잘 대변할 수
있는 작품은 아무래도 그가 "유배와 증발의 시편"이라고 부른 이 시집일
듯하다. 도르프만은 이 시집에 수록된 시들을 망명지에서 썼다. 삐노체
뜨의 군사정권 아래 칠레가 겪는 아픔을 세계에 전하고, 죽음과 침묵의
세계로 유배된 '행방불명자들'에게 목소리를 빌려줌으로써 그들을 부재
로부터 구출하기 위한 투쟁으로서 쓴 시들이고, 망명지에 있으면서도 조
국으로 다시 돌아갈 수 있는 통로로서 만들어낸 시들이다. 이런 작업을
도르프만은 이 시집의 첫번째 서시에서 "동시통역"에 비견하고 있거니
와, 이 시집 전체를 관류하는 '통역사'로서의 충동(원형적 목소리를 반향
하고 '통역'하려는 충동)과 그 충동의 원천인 유배의식(조국과 망명지라
는 두 개의 지역에 동시에 거주하는, 혹은 그 둘 중 어디에도 거주하지
못하는 자의 의식)은 그대로 망명문학의 정의를 대신한다. 그런만큼 이
시집에 수록된 시들을 자세히 읽기 전에 도르프만의 이 유배의식과 '통
역사'로서의 충동이 어디서 유래하는지 살펴보는 것도 좋을 듯하다. 그

유래가 도르프만의 정치적 망명 훨씬 이전으로 거슬러올라간다면 더욱 그러할 것이다.

앞서 언급한 대담에서 도르프만은 "나는 나의 두 언어 상용능력을 더 이상 저주라고 생각지 않는다"(304면)라고 선언하고 있다. 그러나 그가 이런 화해에 쉽게 도달하지 않았으리라는 것은 '저주'라는 말만으로도 짐작할 수 있다. 그의 말대로 언어는 그가 살아오는 동안 한번도 중립적이거나 초정치적인 적이 없었다. 그럴 수도 없었다. 그가 상용할 수 있는 두 언어는 그냥 두 가지 언어가 아니라, 완전히 다른 두 현실과 문화를 대변하는 언어였기 때문이다. 도르프만의 두 언어——스페인어와 영어——는 라틴아메리카와 북아메리카를, 세계의 주변부와 중심부를, '식민지'와 '제국'을, 조국 칠레와 망명지 미국을 가르는 분리대였다.[2]

"두 언어적, 두 문화적인 분열된 삶과 … 이원적 정체성"을 자기 것으로 받아들일 수 있을 때까지 도르프만이 밟아온 인생역정은 차라리 일원적 정체성을 확보하기 위한 노력에 집중된 것이었다고 말해도 좋을 듯하다. 도르프만은 1942년 부에노스 아이레스에서 태어났다. '세계혁명'을 꿈꾸는 혁명가였던 아버지는 러시아계 유태인이었고 어머니는 루마니아계 유태인이었다. 아버지의 제1언어는 러시아어였고, 어머니는 이디쉬어를 사용하는 집안에서 자랐으며, 이들이 집에서 함께 사용한 언어는 스페인어였으니, 도르프만은 매우 복잡한 언어환경에서 태어난 것이다. 스페인어를 익혀가던 두살 때 뉴욕으로 이주하게 된 도르프만은 그곳에서 매우 충격적인——그리고 우리에게는 매우 상징적으로 보이는——경험을 하게 된다. 폐렴에 걸려 병원에 입원하게 된 것이다. 말이 통하지 않는

---

2) 도르프만 문학의 전개과정에 관한 탁월한 개관으로는 도르프만 소설집 『우리 집에 불났어』(창작과비평사 1998)에 붙인 한기욱의 해설을 참조할 것.

사람들에게 생사를 맡겨야 했던 상황이 어린 도르프만에게 어떤 마음의 상처를 입혔는지 정확히 알 수 없지만, 병원 문을 나섬과 동시에 그는 스페인어 사용을 거부하게 된다. 영어만을 사용하면서 유년시절을 보낸 도르프만은 열두살 되던 해 또다시 스페인어를 사용하는 나라, 이번에는 칠레로 이주하게 된다. 거기서 그는 스페인어를 다시 배워야 하는 어려움을 겪지만, 곧 스페인어에 "홀딱 반하게" 된다. 이로써 도르프만은 후일 자신의 묘사대로 "두 명의 어머니 … 두 개의 근원과 두 개의 시작을"(306면) 가지게 된 것이다.

도르프만은 나중에 "영어는 내 유년기의 언어이자 내가 선택한, 아마도 반항의 몸짓으로 선택한 언어다. 스페인어는 매우 서서히 나의 성숙기의 언어가 되었다. 또 내 사랑의 언어가 되었다. 내 아내 안헬리까(Maria Angelica)와 사랑에 빠질 때 사용한 언어가 그것이기 때문이다. (우연찮게 내가 그녀를 처음 만났을 때 그녀는 영어선생이었지만.) … 나는 두 언어와 동시에 결혼한 셈이다"(306면)라는 말로 자신의 "두 개의 근원"을 묘사할 수 있게 된다. 그러나 두 명의 아내나 두 명의 어머니가 두 배의 축복이라기보다는 끊임없이 양자택일을 강요하는 '저주'로서 작용했으리는 것은 의심의 여지가 없을 듯하다. 더구나 그 두 명의 아내와 두 명의 어머니가 스페인어와 영어처럼, 칠레와 미국처럼 다를 때야 더 말할 나위가 없다. 1968년 이번에는 캘리포니아 대학 버클리 캠퍼스의 연구교수로 미국에 다시 돌아온 도르프만은 작가로서의 자신에 관한 매우 중요한 발견을 하게 된다. 영어로 글을 쓸 때조차도 자신은 "라틴아메리카에 관해서만, 그 가난한 변방에서의 경험에 관해서만 얘기하고 있음을"(304면) 깨달은 것이다. 그 발견은 다시는 영어로 글을 쓰지 않겠노라는 다짐으로 이어졌고, 그 다짐은 1970년 도르프만이 다시 칠레에 돌아왔을 때 맹세로 변하게 된다. 쌀바도르 아옌데(Salvador Allende)가 집권한 당시 칠레의 혁명적 분위기가 도르프만의 상상력과 충성심을 완전히 사로잡았고, 그는 "스페인어를 〔자신에게〕재적응시키거나 스페인어에 〔자신을〕재적응시키게 된 것이다"(304면). 그러나 도르프만은 자기 정체성의 언어로 스페인어를 택하겠다는 맹세를 결국 지킬 수 없게 된다. 삐노체뜨가 이끄는 군부세력이 아옌데 정권을 무력으로 붕괴시킨 1973년 말, 도르프만은 아직도 공개되지 않은 어떤 이유로 망명길에 오르기 때문이다.

도르프만은 빠리, 암스테르담 등 유럽의 도시를 떠돌면서 스페인어로 창작을 계속하지만, 1980년 미국으로 건너와 그곳에 정착하면서부터는 생계를 위해 영어로 글을 쓰기 시작한다. 그러면서 그는 점차 그의 "두 언어적, 두 문화적인 분열된 삶과 … 내〔그〕가 터잡은, 혹은 나〔그〕를 터전으로 삼은 분열된 언어를 받아들이기 시작했다. 나〔그〕는 나〔그〕의 이원적 정체성과의 불화를 멈추게 되었다"(304면). 이때 겪은 "불화"를 도르프만은 이렇게 설명한다. 그는 영어가 제국의 언어고 '미국놈'의 언어고 적의 언어였던 70년대와 80년대 초에도 영어에 가장 커다란 친근감을 느꼈고, 스페인어에 대해서는 자신의 가슴 깊은 곳에서 언제나 약간의 낯섦을 느꼈는데도 그것을 숨기려 했다는 것이다. 칠레의 기준으로는 자신이 매우 부유한 집안 출신이라는 사실을 남들에게 감췄던 것과 마찬가지 이유에서 그렇게 하면서 그는 자신에게 계속 이렇게 타일렀다는 것이다. "나는 스페인어로 글을 써야 한다. 스페인어는 내 정체성의 언어이며, 나와 함께 새로운 세계를 창조하고 있는 수백만의 사람들이 사용하는 공동체의 언어이며, 내가 혁명을 꿈꿀 때 사용하는 언어요, 민주주의로의 회귀를 꿈꿀 때 사용하는 언어다. … 나는 남들이 라틴아메리카에 대한 이해를 돕기 위해서, 그 지역의 수많은 모순을 분석하고 라틴아메리카 지성인들의 변화무쌍한 생애를 탐구하기 위해 영어를 사용하는 것이다"(306면).

그 불화의 (적어도 잠정적인) 종식이 도르프만이 어렵사리 인정하게 된 "가슴 깊은 곳"에서의 느낌이 전하는 진실보다 세계의 정세변화와 라틴아메리카의 민주화에 더 많이 힘입었으리라는 것은 어렵잖게 짐작할 수 있다. 1989년 삐노체뜨의 군대 복귀와 함께 칠레의 민주화도 시작되었으니, 도르프만은 고통당하는 조국과 동지를 버리는 대가를 지불하지 않으면서도 자신의 두 언어, 두 문화, 두 '어머니'를 받아들일 수 있게 된 것이다. 그러나 어쩌면 당연하게도 그가 받아들인 이원적 정체성이 그를 두 언어의 세계에 안주하게 내버려두지 않고, 그 두 세계 사이로 향하게 하고, 더 나아가 "무언어(無言語) 지역"으로 향하게 하며, 그를 영원한 '망명객'으로 만들리라는 것은 다음의 발언들에서 분명해진다. 이를테면 "내 스페인어에는 영어가 늘 따라다니고, 영어에는 스페인어의 억양이 남아 있다. … 나는 뭔지 익숙하게 알면서 그 '미국놈'이란 것을 위해 글을 쓰고 싶다. 나도 결국 '미국놈'이다. 나는 이 나라에서 자랐고, 미국시민이 된다는 게 뭘 뜻하고 무슨 기분인지 잘 안다. 그러나 나는 또 내 글에 소외, 거리, 불편의 느낌을 담아 전하고 싶다. … 아마도 나는 진짜면서도 동시통역본이 되려 노력하고 있는지도 모른다"(309면). 그리고 도르프만이 제3의 정체성, 즉 유태인으로서의 정체성을 인정하는 이런 발언에서는 또 어떤가.

나는 내가 우연하게 유태인이고, 선택에 의해서 라틴아메리카인이 되었으며, 운명에 의해서 영어사용자가 되었다고 생각하면서 내 인생의 대부분을 살았다 … 나의 정체성은 주로 라틴아메리카, 내가 저항적인 라틴아메리카와 혁명적인 아메리카라고 규정하는 그 라틴아메리카에 속했다. … 그러나 세월이 지나감에 따라 나는 내가 어디 사람이라고 느끼기도 하고 아무 데 사람도 아닌 것 같다고 느끼기도 한다. 라틴아메리카를 아무리 들이마셔도 나는 배부르지 않다, 나와 그 대륙의 관계엔 언제나 뭔가 모자라는 게 있다 … 나는 이미 오랫동안 나 자신을 모든 곳에 있고 어느 곳에도 없는 라틴아메리카인이라 규정해왔다 … 나는 방랑객이라는 내 신세를 편하게 느낀다. 내가 언제나 지구를 방랑할 것이고, 내 땅이라고 부를 걸 한 치도 소유할 수 없으리라는 생각이 들면 나도 향수와 슬픔에 휩싸이게 된다. 나는 그걸 내 운명이라고 생각한다, 내가 새로운 종류의 인류, 민족과 국가간의 경계를 가로지르는 종류의 인류에 가담하고 있음을 알고 있다는 의미에서 선행적이고 예언적인 운명이라고. (310~11면)

2

도르프만은 이 시집의 제1부 "없어지고, 안 보이고, 사라진 사람들"을 시작하는 「서시」에 "동시통역"이라는 부제를 붙이고 있다. 이 시에서 도르프만은 시인으로서의 자신의 역할이 인권탄압에 관해 열린 국제회의에서 피해자의 증언을 다른 나라 말로 통역하는 동시통역사의 역할과 별로 다르지 않다고 말한다. 이 발언은 앞서 살펴본 대로 도르프만 자신의 시작행위와 일차적으로 관련된 것이지만, 그가 이 시편에 부여하는 의미를 이해하는 데도 중요하다.

두말 할 나위 없이 이 발언은 도르프만의 시편을 증언으로 만드는 효과를 갖는다. 시인은 통역을 할 뿐이라는 것이다. 그러나 이 시편은 다큐

멘터리가 아니다. 그가 통역하고자 하는 것도 피해당사자들에 의한 직접적인 증언이 아니다. 당연한 일이다. 그의 증인들은 억류되었고, 증발되었고, 살해당했으며, 그들이 당한 피해의 경험은 침묵 속에 묻혀버렸기 때문이다. 그들은 삐노체뜨가 1973년 9월 11일 쿠데타로 정권을 장악한 후 흔적도 없이 청소해버린 그 수천명의 "억류되고 사라진 사람들"(los detenidos desaparecidos)이기 때문이다. 그들의 증언은 그들이 뒤에 남긴 빈자리를 통해, 남겨진 사람들이 느끼는 상실의 고통과 그리움, 슬픔과 분노를 통해 간접적으로 전달되고, 시인은 그렇게 전달된 이야기를 다시 한번 통역하는 임무를 담당하는 것이다. 그래서 우리는 누군가가 잡혀가고 사라지고 고문당하고 살해당했다는 사실을 짐작할 뿐 상세한 정황 설명은 듣지 못한다. 보고되고 통역되는 것은 사건 그 자체보다는 그것이 만들어내는 (주로 감정적인) 파장이다. 사건은 거의 언제나 그 반향에 의해 반향을 타고 전달된다.

파장과 반향의 증언시들은 독백 같기도 하고, 호소 같기도 하고, 폭로 같기도 하고, 기록 같기도 하고, 편지 같기도 하고, 탄원서 같기도 하고, 아니면 이 모든 것이 한데 섞인 것 같기도 하다. 이 증언시들은 복잡한 이미지 체계를 동원하지 않는다. 오히려 단순한 일상어가 주로 사용되고 있다. 그러나 결코 단순한 시들은 아니다. 증언의 감정적 실감을 통역하기 위하여 다양한 기법이 동원되기 때문이다. 증언시는 때로 화자 자신을 향하기도 하고(「기념일」), 때로는 하느님을 향하기도 하고(「그의 눈은 참새를 지켜본다」), 때로는 불특정의 청자를 향하기도 하지만(「옥수수빵」), 대다수는 사라진 사랑하는 사람을 향한다(「레드 테이프」「혼례식」「나는 그이가 어디 사는지 몰라요 …」 등). 나로 시작되는 얘기 중에 불쑥 다른 사람의 목소리가 끼여들기도 하고(「서시」「희망」), 아예 두 사람 사이의 대화로 시

전체가 채워지기도 하며(「그앤 이제 젖니를 거의 다 갈았어요」「신원」「먼저 의자를 가지런히 놓고 …」), 여러 인물들의 목소리가 섞이기도 하고(「쇠사슬」), 긴 편지 같은 독백이 계속되기도 하며(「서신왕래」), 주문처럼 반복되는 한 마디 말이 시 전체를 가득 채우기도 한다(「유언장」). 시의 제목이 지시하는 바와 내러티브가 정작 말하는 것 사이의 엄청난 차이를 통해 화자의 상황을 전달하고 감정을 한번 더 걸러내기도 하며(「희망」「혼례식」「방금 버스를 놓쳐서 회사엔 좀 늦겠습니다」), 제목의 청자와 내러티브의 청자를 다르게 설정해서 화자가 거주하는 두 가지 세계의 관계를 입체적으로 보여주는가 하면(「나는 그이가 어디 사는지 몰라요 …」), 명백한 역사적 암시를 갖는 부제를 통해 시의 계기가 된 사건의 생생한 현실성을 강조하기도 한다(「희망」「생활비」「서신왕래」).

화자와 청자가 어떻게 바뀌고 섞이든지간에 이 증언시들은, 놀랍게도 소리지르지 않는다. 그렇다고 감정을 억지로 억누르는 것도 아니다. 오히려 그들의 목소리는 잦아드는 흐느낌처럼 조용하고 그래서 역설적으로 더 충격적이다. 이들은 대개 자신이 느끼는 슬픔이나 분노를 직설적으로 표현하지 않는다. 이들의 말은 자신이 속깊이 느끼는 슬픔과 절망을 에돌고, 그래서 이들의 증언은 사건의 반향에 대한 반향으로 변한다. 「그앤 이제 젖니를 거의 다 갈았어요」의 화자는 철부지 어린 딸애의 질문에 대한 대답의 형식을 빌려서만 자신의 상처를 보여준다. 그것도 딸의 말을 고스란히 반복하는 것으로 말이다. "아빠는 집에 한번도 오시지 않아/오실 수가 없어서 그렇단다." 사라진 아들을 찾으려고 자기가 어떤 일을 했는가를 메모하듯 간결히 전하는 「레드 테이프」의 아버지는 아들의 죽음이라는, 혹은 아들의 죽음에 대한, 궁극적인 '레드 테이프'에 대해 물론 통곡하거나 절규하지 않는다. 자신의 슬픔을 애엄마의 슬픔으로 바꾸는 몇마디를 덧붙일 뿐이다.

네 어머니가
꽃을
들고 찾아갈 데나 얻으려고
(넌 국화를 좋아했지만
그건 너무 비싸고 말이다)
주일이나
위령의
날에.

　이 조용한 치열함을 성취하는 데 한몫 단단히 거들고 있는 것은, 스스로를 동시통역사라 부르는 시인의 발언에서 이미 표현된 바 있는 자신과 증인 사이에 놓인 '안전한' 거리에 대한 시인의 자괴심 섞인 자의식과 증인에 대한 경건한 애정이다. 동시통역사인 시인은 고통받는 민중을 위대하다고 다짜고짜 찬양하거나, 악착같은 생명력을 가진 잡초로 단순화하지도 않고 민중애의 거창한 구호도 외치지 않는다. 그는 그들의 잦아들어가는 흐느낌 소리에 귀기울이고 그들의 상처를 다칠세라 조심스레 말한다. 그들은 민중이니 무어니 하는 말 한마디로 규정되지 않지만, 그렇다고 해서 그들 하나하나가 특정한 이름으로 불리는 것도 아니다. 엔리께스 1세와 2세, 이사벨 레뗄리에르 등의 이름이 부제를 통해 밝혀지는 드문 경우를 제외한다면 말이다. '나' '그'로만 불려지는 이들의 개체성은 개인적 성격의 묘사가 아니라 고통의 외롭고 외경스러운 개별성을 통해 주어지고 지켜진다. 그러나 시인은 그 개별적인 고통을 한데 모아놓

126

음으로써 그들이 고통당하는 칠레라는 더 넓은 삶의 일부이며 동시에 표현임을 보여준다. 눈에 안 보이는 부모에 대한 자식들의 개별적인 그리움과, 자식을 찾아 헤매는 어버이와 연인들의 개별적인 아픔을 통해 칠레는 '비탄에 잠긴 어머니'(mater dolorosa)로 형상화되는 것이다.

이 시편이 증언하는 바 고통으로 연대된 칠레의 안과 밖은 (잔인하게도) 정치가 개인적 삶의 내밀한 구석구석까지 후비고 들어올 수 있음을 잘 보여준다. 그냥 내버려뒀으면 계속 평화로웠을 일상이 어느날 갑자기 찢겨져나가고, "살아 움직이는 비명처럼/목구멍을 걷어차는 발길질처럼"(「나는 가끔 …」) 충격적인 방식으로 정치와 사적인 삶의 연속성이 드러나면서 개인의 목소리는 정치의 세계로 끌려나오게 된다. "그들은" "내"가 눈을 뜨고 있을 때만 내 세계를 지배하는 게 아니라, "내 꿈 속에서" "그대"를 죽인다(「혼례식」). 그리하여 이들의 얘기 하나하나에 담긴 개별적 슬픔은 그 자체로서 국가권력의 횡포에 대한 통렬한 고발이 되고 칠레 역사의 기록이 된다. 참여시와 서정시가 도르프만의 증언시에서 하나로 결합하고 그 증언시들이 모여 칠레의 운명을 '노래하는' 서사시를 만드는 것이다.

그 서사시에 여성화자가 많이 등장하는 것은 어쩌면 당연한 일일지도 모른다(「그앤 이제 …」「기념일」「신원」「나는 그이가 …」「심증」「가끔 나는 …」「생활비」「서신왕래」). 어머니와 주부의 역할을 맡아 가정을 꾸려온 여성들이야말로 남편과 자식의 체포와 증발로 인해 파괴된 가정의 상처를 가장 아프게 겪은 사람들이었을 것이기 때문이다. 그들이야말로 가정과 교회, 학교로 이루어진 안온한 일상으로부터 어느날 갑자기 자신의 의사와 상관없이 정치세계의 한가운데로 내몰린 사람들이었을 것이기 때문이다. 실제로 칠레의 삐노체뜨 군사정권의 인권탄압은 여성들을 바깥세상으로 끌어냈고, 여성들로 하여금 탄압에 대항하는 가장 중요한 세력이 되도록 만들었다. 그들은 자신의 고통과 슬픔을 공개적으로 표현했고, 정권의 탄압으로부터 도망치는 사람들을 숨겨줬으며, 빵 속에 비밀 연락문을 숨겨 날랐고(「옥수수빵」), 온몸에 쇠사슬을 감고 사법당국의 태도를 규탄했으며(「쇠사슬」), 주검으로 되돌아온 사람들을 묻었다(「신원」). 여성들은 삐노체뜨 정권의 최대 피해자이자 막강한 저항세력이었다.

강물에 씻겨 떠내려온 신원미상의 시체를 둘러싸고 "조용히, 애도하며"(「신원」) 서 있는 여인들의 모습은 그 자체로도 당시의 칠레 전체가 겪은 비극을 상징하는 이미지라 할 만하다. 그러나 애도하는 여인들의 비극성은 이 시에 포함된 희랍비극과의 암시적 연결을 통해 더욱 심화된다. 그것은 이 시가 도르프만 자신의 소설 『과부들』(*Widows*)의 원형적 장면이라는 사실을 전혀 모르는 경우에도 마찬가지다. 강물에 씻겨 떠내려온 자식의 시신이라는 이미지는 칠레 여성들의 수난을 희랍비극의 여인들, 특히 헤큐바를 비롯한 트로이 여인들의 수난과 연결시키는 효과를 갖고 있기 때문이다. 강물에 씻겨 떠내려온 신원미상의 시체는 죽음의 침묵으로 자신을 증언하는 폴리도러스가 되고, 강둑에 서서 애도하는 여인들은 전쟁으로 모든 것 — 가족과 나라, 자유 — 을 잃은 트로이 여인들이 되며, 잘 안 들리는 전화기에 대고 "죽은 내 식구들은 내 손으로 묻을 수 있다고요"라고 말하는 '나'는 아들 폴리도러스의 주검 앞에서 통곡하는 헤큐바가 되고, 칠레는 폐허가 된 트로이로 변한다.

도르프만의 통역은 시체로 변한 칠레의 폴리도러스들에게, 아니 시체로서도 나타나지 않는 폴리도러스들에게 그들의 비극적 침묵에 목소리를 되돌려주는 작업이다. 그것은 사라진 사람들의 아내와 엄마가 한땀 한땀 수놓은 아르삐예라(arpillera : 라틴아메리카의 민속예술 중 하나로서 헝

겊에 조각천을 붙이고 수를 놓아 만든 자수 그림. 이 책의 표지그림 참조)처럼 죽음의 세계로 강제 유배당해 흔적조차 사라진 사람들의 기억을 간직하고 그들의 이야기를 알리며, 그래서 그들을 다시 살리는 작업이고 칠레의 역사를 새롭게 쓰는 작업인 셈이다. 그렇게 보면 도르프만이 쓰는 칠레의 비극적 역사가 마냥 비극적이기만 한 것은 아니다. 도르프만의 시편에서 삶을 박탈당한 사람들의 이야기는 생명의 성스러움에 대한 이야기로 통역되고, 죽음과 고통의 어두움은 사랑과 끝끝내 버티는 희망의 빛에 닿아 있기 때문이다.

이를테면, 「감방의 다른 동지들은 잠들었다」에서 억류당한 남편의 눈은 감방을 뚫고 집으로 돌아가서 어둠속에 홀로 서 있는 아내와 함께 잠든 아이들을 지켜본다. 그런 그에게 어느새 "어둠은/아이들로 그득하다." 이 마지막 구절에 그득히 스며든 것은 물론 그리움만은 아니다. '내'가 잡혀간 후에 태어난 "내가 모르는 그 딸아이"의 "따뜻한 잠"이 그들의 어둠을 채우고 있기 때문이다. 남편과 아내, 아비와 자식을 연결하는 따스한 어둠은 「일장석(日長石)」의 사형수의 온몸을 가득 채우는 빛과 통한다.

그들은 죄수를
벽에 바싹 붙여 세운다.
군인 한 명이 그의 두 손을 묶는다.
군인의 손가락이 그에게 와닿는다 — 강하고
부드러운 손가락이, 작별을 고하면서.
— 나를 용서하오, 동지여 —
목소리가 나지막이 속삭인다.

그 목소리와
　　팔에 와닿은 손가락의 반향이
그의 몸을 빛으로 가득 채운다
　　단언컨대 그의 몸은 빛으로 가득 차고
그에게는 총소리가
거의 들리지 않는다.

　동지애를 전하는 손가락 하나가 사형집행 담당 군인과 사형수 사이의 엄청난 거리를 단숨에 가로지른다. 사형수의 몸은 태양의 빛을 흠뻑 담은 일장석으로 변한다. 죽음은 지워지고 없다. 동지애가 죽음을 태양과 닮은 보석으로 바꾸는, 태양으로 바꾸는 기적을 일으킨 것이다. 감상적 자기영웅화라고 할 수도 있을지 모르겠다. 화자가 사형수라면 말이다. 그러나 이 시의 화자는 사형집행 장면을 (상상의 동지애를 통하여) 바라보는 시인이다. 시인이 사형수의 죽음이 갖는 의미를, 혹은 가져야 할 의미를 동시통역하고 있는 것이다. 시인이 사랑과 믿음의 신화를 만들어내고 있는 것이다.
　"나의 번역과 말투의 강에도 불구하고/ … /인류는 무엇인가 듣고/마음이 움직인다"라고 믿으며 1부를 시작한 시인이, 죽음을 빛으로 바꾸는 동지애의 신화로 그것을 끝맺는 것은 어쩌면 당연한 일일지 모른다. 그러나 도르프만이라는 시인을 우리가 신뢰할 수 있는 이유는 그의 시가 이런 신화를 만들어내는 것으로 끝나지 않기 때문일 것이다. 투사의 죽음을 바라보는 것으로 끝내지 않고, 죽음을 대면한 투사 자신의 '이야기'에, 투사가 죽음을 껴안을 수 있게 될 때까지의 '이야기'에 귀기울이는 그를 발견하기 때문일 것이다.

3

　1부의 시보다 2, 3부의 시들이 더 내면적이라는 느낌이 든다면 그건 아마 이런 이유 때문일 것이다. 「일장석」에서 나와서 2부로 들어서는 것과 동시에 우리는 행방불명자들이라는 거대한 '공백'의 주변을 서성이는 여러 목소리와 반향에 이끌려서 그 '공백' 가까이에 오게 되었음을, 그리하여 행방불명자들과 그들의 내면세계와 마주하고 있음을 알게 된다. 엄밀히 말하자면 이들을 행방불명자들이라고 부를 수 없을지도 모른다. 이들은 문자 그대로의 행방불명자들이라기보다는, 은유적인 의미의 '행방불명자들'(정신적 부재상태를 겪고 있는 사람들, 아직 침묵하고 있는 사람들, 아직 투쟁에 뛰어들지 못한 사람들, 행방불명자로서의 자신의 운명과 아직 화해하지 못한 사람들)이기 때문이다. 뿐만 아니라 2부에 수록된 시 전편에서 죽음과 부재는 육체와 관련된 그 일차적 의미보다도 오히려 은유적인 의미로 더 많이 사용되기 때문이다.

　2부에 수록된 여섯 편의 시는 모두 행방불명자적 상태에 놓인 화자를 보여준다. 화자는 죽음과 침묵의 위협에 직면하여 자기 목소리를 지키고 자기자신에게도 말하기 힘든 말을 하기 위해 애쓴다. 그래서 화자의 이야기는 알아듣기 어렵다. 문체는 실험적이고 뜻은 모호하다. 문장이 파편화되고 문법이 깨지는 경우도 있고, 논리적 연계성이 뚜렷하지 않은 여러 이미지들이 한꺼번에 난립할 때도 있다. 같은 어구를 반복하거나, 행이나 자간 등 시의 시각적 형태를 조작해서 의미를 강조하고 시각화하려 하기도 한다. "누구한테도 보여주고 싶지 않"은 내면적 진실을 얘기해야 하는 탓인지, 화자의 시선은 자신의 내부를 향하고 목소리는 극적 독백을 닮아간다.

　이처럼 여섯 명의 화자들이 모두 같은 문제에 집중해 있지만, 서로 조금씩 문제를 다르게 묘사하고 서로 조금씩 다른 결론에 도달한다. 그들은 모두 절망과 희망 사이의 어디쯤엔가에 거주한다. 그러나 처음 네 편에서 화자를 지배하는 것은 외로움, 두려움, 침묵, 구원에 대한 절망적인 갈구다. 나머지 두 편에서는 화자의 세계에 희망과 신뢰의 빛이 스며들기 시작한다. 2부 전체가 어둠에서 빛으로의 움직임을 보여주는 셈이다.

　「서시: 낙하산」은 2부의 화자들이 공통적으로 대면하고 있는 문제를 패러슈터의 이미지를 빌려 묘사하고 있다. 산문 풀어쓰기가 될 위험을 무릅쓰고 이 시를 한번 읽어보자. 먼저 1연이다. 화자의 (마음의) 눈은 낙하하는 패러슈터를 향한다.

　　　　다른 사람은 어떤지 몰라도
　　　　그는 좌절이라는 사치를 누릴 여유가 없다.
　　　　그는 자신의 꿈은 자물쇠로 잠가두고
　　　　　　　　　용감하게 미소짓는다
　　　　그의 뿌리는
　　　　폐허 사이에서 불타고
　　　　　　　　　　그는 용감하게 미소짓는다
　　　　점점 가까이 다가오는 카메라를 위하여
　　　　모든 모험은 흑백으로 현상되고 마는
　　　　천연색 사진이다.

　화자는 패러슈터의 낙하를 불가피한 것이라고 역설한다. 그는 좌절할 수 없기 때문에 낙하를 결행한다는 것이다. 그러나 낙하에 대한 화자의 두려움이 그만큼 크기 때문인지, 화자가 가장 강조하는 것은 그의 용감한 미소다. 그래서 그는 "용감하게 미소짓는다"라는 감정이입식 묘사를 두 번 되풀이한다. 패러슈터의 불가피하고도 용감한 낙하는 화자에게 자신이 처한 상황을 뒤돌아보게 한다. '그'는 나의 거울 이미지가 되고, '그'에 대한 묘사는 2연에서 '나'에 대한 묘사로 바뀐다.

    (다른 사람은 어떤지 몰라도

    나는 좌절이라는 사치를 누릴 여유가 없다.

    나는 언제나 하던 일을

    계속해야만 한다.

    내가 세상에서 가장 깊은 구덩이 둘레를 끝없이 돈다 할지라도,

    불길 속에 뛰어드는 시늉을 한다 할지라도,

    나의 이 두 발이 진창의 바닥 없는 어지러움을 시험한다 할지라도,

    시커먼 별들의 아우성이 내 귀를 때린다 할지라도,

    걱정하지 말라.

    자, 여기 있다, 내가 제일 좋아하는 밧줄이,

    비장의 닻이, 무늬를 새겨넣은

                나침반이,

    그리고 물이, 내 등에 난 혹 속에 숨겨둔 물이.

    나는 손가락 사이에 확실한 어둠을 지니고 태양 속으로 뛰어든다,

    태양에 맞설 어둠을 지니고,

    그런 식으로 나는 뛰어내린다

    가는 길목에서 생겨나고 으르렁대는

재앙을 위해서는

그 고통을 달랠 고약과 부적을 나는 가지고 있다, 보이지 않는가?

어떤 일도 내게 일어날 리 없다는

보증을 나는 받아야겠다.)

'그'의 낙하는 '내'가 언제나 하던 일 역시 피할 수 없는 일임을 상기시
킨다. 그러나 '나'의 일은 나락이나 불속, 혹은 진창으로의 낙하보다 더
위험한 것이다. 그대신 '나'는 밧줄, 닻, 나침반과 혹 속에 숨겨둔 물로
단단히 무장하고 있다. 도대체 '나'의 일이 무엇인가? 그가 지닌 조난방
지 기구도 그 일이 바다의 항해와 관계된 것인지, 사막 횡단에 관계된 것
인지 분명히 해주지 않는다. 그것들까지 그 일의 어려움을 강조하고 있
을 뿐이다. 그러나 그 다음 행에서 '나'의 '낙하'는 놀랍게도 태양을 향한
것으로 드러난다. 어떻게 우리는 태양을 향해 낙하할 수 있는가? 게다가
"태양에 맞설 어둠"이란 또 무엇인가? 투쟁의 대상이 어둠이 아니라 태양
이란 말인가? 태양에 대적할 정도의 어둠을 지니고 있기 때문에 태양을
향해 뛰어들 수밖에 없다는 말인가? 그렇다면 '내'가 숨겨둔 밧줄과 나침
반은 결국 '어둠'이란 말인가? 어둠이 '나'의 부적이고 고약이란 말인가?
그렇다면 '나'의 낙하는 '나'의 어둠 때문이고, '나'의 낙하 또한 '그'의
낙하만큼이나 불가피하고 화급한 일이며, '그'의 낙하보다 아마 더 위험
한 일일 것이다. 그리고 그만큼 더 용감한 것이리라. 3연에서 화자의 시
선은 다시 '그'를 향한다.

그는 위험을 무릅쓰는 게 아니다, 그대에게 내가 말하지 않았던가?

그는 침묵 속으로 사라져버리는
                    사치를 누릴 여유가 없다,
구명줄을 집에 두고 온
귀먹은 벙어리의
            ― 불쌍한 귀먹은 벙어리 ―
멍한 얼굴이 될 위험을 무릅쓰는 사치를.
그는 이 끝없는 물밑에
바닥이 있는지 더 많은 물이 있는지
알려고조차 하지 않는다.

　화자는 다시 한번 패러슈터의 낙하 이유를 설명하기 시작한다. 침묵 속으로 사라질 수 없기 때문에 낙하를 결행하는 것이다. 낙하하지 않으면 "귀먹은 벙어리"처럼 아무것도 들을 수도 말할 수도 없는 완벽한 침묵의 세계로 사라질 수밖에 없다. 그런 침묵의 어둠에 쫓길 때엔 어디로 떨어지든 문제되지 않는다. 깊은 물속으로 떨어져 낙하를 계속하게 되더라도, 낙하하는 곳에 죽음이 도사리고 있더라도 뛰어내려야 한다. 낙하는 불가피하다. 이제 화자는 다시 자기 자신에게로 돌아가지 않는다. '그'와 '나'의 구별이 더이상 무의미하기 때문이다. 4연에서는 그 불가피한 낙하를 결행하는 사람들을 위한―그, 나, 그리고 그대?―이런 경고가 주어진다.

조심하라.
강으로부터 올라오는 깃발과 발(足)들 사이에서,
너 자신이라는 뜻밖의 수렁을 조심해 다루라.

너를 어지럽게 하는 내부의 하수구를 막으라.

꽃이 제일 많이 달린 가장 좋은 나무의

뿌리 밑에는 표사(漂砂)가 있다.

보라: 동이 틀 때

태양은

결국 지는 것인지도 모른다

　　　　　　그대에게는.

　새로운 문제가 던져진다. "너 자신이라는 뜻밖의 수렁"? 그게 무엇인
가? 낙하 후에 또 어떤 위험이 우리를 기다리고 있단 말인가? 도대체 강
으로부터 왜 깃발과 발들이 올라오는가? 낙하한 자들의 시체인가? 그렇
다면 그 내부의 수렁은 두려움을 뜻하는 것일까? 꽃이 많은 달린 나무 밑
에서 우리를 기다리는 죽음은 또 무엇인가? "동이 틀 때/태양은 결국 지
는 것인지도 모른다/그대에게는"? 그게 무슨 뜻인가? 태양으로의 낙하
만큼이나 역설적이다. 태양이 뜨는 것처럼 보일 때가 내부의 수렁을 가
장 조심해야 할 때란 뜻인가? 태양이 떠오르기 위해서는 '그대'의 태양은
져야 한다는 뜻인가? 강과 수렁과 나무와 태양이 한꺼번에 밀어닥친다.
이 이미지들을 통해 화자가 하려는 말은 무엇인가?

　사실 위의 모든 물음에 시는 암시적인 대답만을 할 뿐이다. 그러나 암
시와 은유를 통해서도 전달되는 것은 태양을 향한 낙하라고 표현되는 일
의 절박한 필요성이다. 가장 시커먼 어둠이 태양으로의 낙하를 결행하도
록 부추긴다는 것이다. 그 어둠이 좌절과 침묵이고 낙하는 그것을 피하
는 방법, 태양을 얻는 방법이라는 것이다.

　「서시」 다음에 수록된 「거지」에서 낙하의 문제는 "자만심 많은" 거지

의 문제로 번역되고 있다. 이 거지 사내의 낙하는 보이지 않게 손을 내밀고, 보이지 않게 울부짖고, 울부짖으며 죽어 있는 상태를 벗어나는 일이다. 그러나 그의 낙하는 살려달라 도와달라고 큰 소리로 구걸하는 방법으로 결행되지 않고, 자신의 침묵의 구걸을 알아들을 "그 한 사람을" 기다리는 일로 실천된다. 그러나 그 사람은 "또다른 종류의 우리"에 갇혀 있다. 게다가 그의 우리는 여러 겹의 '울타리'로 둘러싸여 있다.

> 감시병은 그에게 헛간 밖으로 나가
> 밤을 숨쉴 것을,
> 칠레의 여름밤이 주는 위안으로,
> 시원하고 향기로운 칠레의 여름밤으로,
> 그의 몸을 가득 채울 것을 허락치 않으리라,
> 밖에서 잠가놓은 문으로는
> 충분치 않다는 듯이
> 그리고 그것 너머 가시철조망으로는
> 그리고 그것 너머 가두 순찰대로는
> 그리고 그것 너머 그들 모두의 머릿속에 세워진 장벽으로는
> 그리고 그것 너머 개들이 지키는 국경선으로는,
> 그 사람은 내 말을 알아들을 수 있으리라.
> 우리들한테 일어나는 일은 너무도 생생하다.

　겹겹의 우리 안에 갇힌 그가 어떻게 '나'의 보이지 않는 울부짖음을 알아들을 수 있을까? 불가능한 일이 아닌가? 그러나 그것에 대한 '나'의 대답은 '내'가 만들어내는 문장의 구조에 엮어들어 있다. "충분하지 않은

듯이” 다음의 3행 — “그리고 그것 너머”로 시작되는 3행은 — 은 ‘그’가
갇혀 있는 헛간을 인쇄형태만으로도 겹겹이 둘러싼다. 그러나 바로 그 3
행은 그 다음의 “그 사람은 내 말을 알아들을 수 있으리라”와도 이어지고
있다. ‘그’가 겹겹이 둘러싼 우리 안에 갇혔음을 보여주는 바로 그 문장
이 ‘그’가 그 겹겹의 벽을 넘어 ‘나’와 함께 있을 수 있음을 보여주는 것
이다. ‘그’가 겹겹이 둘러싼 우리 안에 갇혀 있다는 사실이 ‘나’의 구원의
가능성을 절망적인 것으로 만들고 있지만, 동시에 그것은 ‘그’와 ‘나’의
연대를 보장해주기도 한다. 맨 마지막 행이 ‘그’나 ‘내’가 아니라 ‘우리
들’로 시작되는 것은 따라서 우연이 아니다. 겹겹으로 차단된 ‘그’와 ‘나’
사이를 ‘우리들’이 채워주는 것이다.

　‘우리들’ 사이의 연대를 통한 구원의 가능성은 그 다음 시 「꽃들을 달
래줄 바람이 없다」에서 다시 얼어붙는다. “손을 앞으로 내민 채/보이지
않게 울부짖는 죽은 사내”(「거지」)는 이 시에서 ‘나’의 모습으로 변하여
다시 나타난다. 거지처럼 ‘나’도 다른 손들을 찾아 팔을 내밀었다. 너무
오래, 너무 멀리, 너무 엇갈리게 뻗어 ‘나’의 팔은 매듭으로 변해버렸다.
아무도 나의 신호를 알아듣지 못했다.

　　　신호가 거기 있었다, 나의 더듬거림으로,

　　　나의 은밀하고 뻔한 전보로,

　　　내가 모든 것을 설명하지 않았다고 말하지 말라.

　　　당신들 중 어느 누구도 그것을 해독하지 못했고

　　　이제 나는

　　　태양도 노랗게 얼어붙는 숲속에서

　　　　　　눈에

파묻힌

땅의 희망처럼 목숨을 지탱하고 있다.

똑같은 외로움이, 죽음의 어둠속에 홀로 갇힌 자의 외로움이 「성 죠지」를 지배한다. "내가/죽은 침상의/죽은 나무로 변하는 지금 …//그 거울들은 어디 있는가?/그들은 어디로 갔는가, 왜 그들은 돌아오지 않는가?" 그러나 이 물음은 다음 순간 "내가 어디 있기에 나는 나를 구하러 오지 않는가"란 물음으로 바뀌고, "용 죽이기"는 "내가 한 일"이고 내가 "할 일"이라는 깨달음으로 이어진다. "내가 한 일과 할 일에 대한 흐릿한 기억"이 나에게 "죽음의 정원"에서 빠져나가는 길을 가르쳐줄 것이라는 깨달음을 얻게 된 것이다. 「거지」와 「꽃들을 달래줄 …」의 화자들이 기다리는 그 구원의 기사가 바로 자신임을 「성 죠지」의 '내'가 알게 된 것이다. 구원을 기다리는 사람들 하나하나가 또다른 사람들이 기다리는 말탄 기사라는 사실을 말이다.

이 깨달음이 던지는 희미한 빛이 그 다음 시 「전구 이상의 어떤 것」에서 전등불의 위력을 이끌어낸다. '내' 삶의 어려움 때문에 한밤중에 켜놓은 전등불이 어떤 새에게는 새벽의 신호가 되고 그 새로 하여금 노래하게 만든다. 그 새가 나의 한밤중을 새벽으로 생각했기 때문에 새는 나의 태양이 되고, 새벽이 '나'에게도 찾아오는 것이다. "정말이지 밤은 새벽으로 가득하다." 「서시」가 말하는 태양을 향한 낙하 준비가 제대로 이루어진 셈이다. 내가 누군가의 태양이라는 생각이 나의 태양을 만들어낸다면, 어둠은 정말 나의 비장의 나침반이고 부적인 셈이다. 이 태양을 향한 낙하의 비밀은 그 다음 시 「인신보호영장」에서 더 명확한 표현을 얻는다.

그들은 나의 죽음을 받아들이지 않는다.

오직 동지애의 거대한 분출만이

나를 존재하게 할 수 있으리라, 나를

　　　　　　　　　　　세상으로 돌려보낼 수 있으리라,

내 안에서 나무를 키우고, 나를 인내 이외에 무엇인가로 무장시키고,

내가 떠다니는 차가운 물 밖으로 나를 끌어내어,

나에게 다시 살아 있으라 요구하며,

나를 위해 어제를 발명하고, 나를 지하실 밖으로 꺼내오며,

나의 그림자를 거리에서 찾아낼 수 있으리라.

무엇인가 만유인력적인

우주적 사랑 같은 것이 틀림없이 있으리라.

　　　　　　　　　　인간 인력의 법칙이,

(…)

그것이 있다고 믿기가 나에게는 아직 어렵다.

'나'를 죽음과 부재에서 구출할 수 있는 것은 동지애뿐이다. "그것이 있다고 믿기가 아직 어렵다"고 화자는 말하지만, 이 시와 함께 우리는 다시 한번 「일장석」의 세계로 되돌아가 있게 된다.

4

"역류"라는 제하에 묶인 3부의 시편은 "죽음의 궁전" 밖에 거주하지만 또다른 종류의 부재와 죽음을 경험하는 사람, 즉 해외 망명자의 이야기이고, 망명이 만들어내는 의식의 저류(底流)에 관한 이야기들이다. 따라

서 우리들이 이 시편에서 망명시인 도르프만의 자전적 이야기를 읽게 되는 것도 우연이 아니다. 이 시편은 1부의 시들이 어떻게 그에게 찾아왔는지, 그가 왜 시인을 동시통역사라고 생각하게 되었는지 말해준다. 1부의 서시 「동시통역」에서 도르프만이 이미 보여준 망명시인의 미묘한 유배의식과 통역사로서의 충동이 여기서 본격적인 조명을 받는 셈이다.

「서시: 귀청을 찢는 듯한 저 소리는 쓰레기차 소리다」의 화자는 망명 초기에 사서 4년 넘게 가지고 있었던 잔 하나를 깨뜨린 것으로 자신의 유배가 시작되었다고 말한다. 여기서 구분되고 있는 것은, 오늘 시작된 유배와 지난 4년 동안의 유배다. 그는 지난 4년 동안의 망명지 생활은 유배가 아니었다고 말하고 있는 셈이다. "밝은 빨강 바탕에 하얀 점이 박힌" 커피잔으로 형상화된 지난 4년의 망명생활은 어떤 것이었기에 유배라 할 수 없을까? 그 깨진 잔의 파편들인 시들을 읽어보자.

그가 지난 4년 동안 그 잔에 담아 아침마다 마신 것은 무엇보다 조국에 대한 기억이었다. 그를 '점령'한 것은 그날에 대한 고통스러운 기억이었다(「점령군」). 기억 속에서 그가 '돌아가는' 곳은 언제나 그 길모퉁이고, 그 근원적 장면이다. 그가 기억 속에서 돌아가는 곳은 언제나 우에르파노스와 아우마다가 교차하는 그 길모퉁이를 메운 '점령군,' 그 운명의 11일(el once)에 모네다궁을 점령한 쿠데타군의 모습이다. 그 근원적 장면에 대한 추상은 "당신이 춤춘 모든 것"을 그냥 앗아가려 다가오는 그들의 발자국 소리를 다시 듣고 그들의 "반짝이는 군화"를 다시 보게 만든다(「쌘띠아고에서의 마지막 왈츠」). 지난 4년간의 망명생활 동안 기억은 망가진 음반처럼 한 장면만을 들려주는 버릇을 가졌던 것이다.

상실과 파괴의 근원적 장면에 의해 점령당한 기억은 그런 일이 왜 일어났는지 묻기 시작한다. 무슨 일이 일어난 것일까? 내가 어디서 실패한 것일까? 「자아비판」은 그것을 자신의 잘못이라고 말하고 있다.

마지막으로 한번 사실대로 말해봅시다.
우리는 그들을 알아보지 못했습니다.
그러나 그들은 거기 있었습니다.
(…)
눈에는 눈으로 그들은 거기 있었습니다.
이에는 이로,
그리고 우리는 알지 못했습니다 우리가 그 눈들을 공급했으며
그들이 뾰족한 막대를 사용했다는 사실을,
우리는 알지 못했습니다 뽑힌 이들이 우리들의 것이었으며
그 집게는 그들의 것이었다는 사실을.

자신에게 찾아온 엄청난 재앙이 자신 때문이었다는 죄의식은 「내 안테나가 어떻게 되고 있는 게 틀림없다」의 상태로 망명자를 몰아넣는다. 이 시의 화자에게 생기고 있는 일은 감성의 혼란, 마비, 불모 상태다. 그 근원적 장면의 기억과 그것이 가져다주는 죄의식에서 빠져나와 재앙에 대항하지 못하고, 조국에서 일어나는 일들에 대해 얘기할 새로운 "어휘"(「어휘」)를 찾지도 못하고, 좌절과 침묵 속에 빠져 귀먹은 벙어리의 명한 얼굴이 되어 있는 상태, 2부의 「서시: 낙하산」의 화자가 낙하를 통하여 피하려 한 상태 말이다.

망명자가 그 불모상태에서 빠져나와 한 일은 먼발치에서 조국을 돕는 일이었다. 동지들이 체포되었다는 연락을 받고, 신문사에 전화해서 체포된 동지들의 이름을 알리고, 다시 전화하여 칠레에서 일어나는 일을 알

리고. 그러나 「전화. 시외전화. 나쁜 소식이오 …」의 화자는 체포된 동지가 "당신"이 아니기 때문에 느끼는 "이 말할 수 없는 안도감"에서 망명지 투쟁의 모순을 읽어낸다. 멀찍이 죽음의 위협으로부터 안전하게 떨어진 거리에서 죽음의 위협에 빠진 다른 사람들을 돕는 망명지 투쟁의 모순, 한 개인의 삶과 죽음을 연대투쟁을 위한 쇼핑목록처럼 취급하는 투쟁의 모순을 말이다.

「기동연습」과 「어휘」에서 도르프만은 망명지와 조국의 거리를 다른 방식으로 채울 수 있음을 보여준다. 「기동연습」에서 그는 칠레의 아픔을 노래하는 새로운 종류의 문학이 가능하다고 선언하고 있다.

그 맨발을 보라.
무언가 신발처럼
단순한 것을 노래하는 게 잘못인가?
찢겨나간 혀의 파인 자리를 우리는 잊어야만 하는가?
날이 어두우면
떠오르는 태양에
대한 찬미를 멈춰야 하는가?

「기동연습」 바로 다음에 수록된 시 「어휘」는 이 새로운 문학의 가능성을 근본적으로 의심하는 질문으로 시작된다. "내가 거기 없다면/내 어찌 그들의 이야기를 들려줄 수 있으랴?" 이에 대한 대답은 세 가지다. 첫번째는,

나는 다른 나라에서 그들을 지켜보고 있었다

그래서 나는 그들의 이야기를 들려줄 수 없다.
나는 다른 나라에서 전화를 걸고 있었다
그리고 전화는 언제나 통화중이었다.

두번째는, "내가 거기 있었다 하더라도/나는 그들의 이야기를 들려줄 수 없었을 것이다." 그리고 최종적인 대답은, "그 이야기라면 나는 들려줄 수 없다./ … /그들이 그들 스스로에 대해 말하게 하라." 그들이 그들의 노래를 부르게 하는 방법에 가장 근접한 것으로서 통역, 통역문학으로서 도르프만 망명문학이 시작된 것이다. 그의 진정한 유배가 시작된 것이다.

이 시집을 끝맺는 에필로그 「문 유감(有感)」은 짙은 모호성에 감싸여 있다. 어순이 가져오는 모호성(예컨대 1~2행에서 "닫는다"는 "닫힌다" 일 수도 있다), 단어의 모호성(예컨대 during은 "~하는 동안"일 수도, "담금질"일 수도 있다), 행과 연 형태의 모호성(예컨대 한 면을 두 단으로 분할하여 각각 다른 시로 읽는 게 가능하다)이 겹겹이 이 시의 의미를 감싸고 있다. 어둠과 빛, 자물통과 열쇠, 굳게 닫힌 문과 열린 출구, 잠들지 않은 수인과 열쇠다발을 쥔 간수의 그림자, 돌아오지 않는 남편을 기다리는 여인의 귀와 문 없는 방에서 깨어난 아이, 마지막 창문을 잠그는 누군가 등을 통해 희망과 두려움이 어슴푸레하게 전달되고 있을 뿐이다. 이 시의 의미를 열어줄 열쇠는 닫힌 문을 열고 태양을 불러들이는 열쇠를 만들어내는 일만큼이나 어렵다. 이 시를 끝맺는 구절은 독자에게 던지는 도전의 말로 들린다. 내가 나의 증인들의 말을 옮기려 애쓴 것처럼 너도 이 시로 들어가는 열쇠를 만들라. 이 시집 전체를 또다른 세계로의 열쇠로 만들라. 구원을 만들라. 빛을 생산하라.

　　열쇠가 거기 있다
　　　　그 손을 만들라
　　　　밤새도록 생산하는
　　　　그 손을 만들라
　　　　출구로 꽉차게 하라

　　그게 거기 있다 내가 당신에게 말하지 않았던가
　　거기 그게 있다 거기
　　　　　　그게 있다
　　　　　　　　그 열쇠가
　　물론 분명히

　　그러나 이 구절은 우리에게 또다른 도전을 해오고 있는 것인지도 모르겠다. 도르프만의 시를 어떻게 평가할 것인가란 문제 말이다. 나는 이 '해설'에서 평가보다는 설명을 하려고 노력했다. 본격적인 평가는 다른 글에서 시도되어야 할 것이라 생각했기 때문이다. 그런만큼 이 자리에서의 평가는 간결하고 다소 무뚝뚝할 수밖에 없다. 나는 1부에 수록된 시들이 아주 훌륭하다고 생각한다. 2부나 3부의 시들보다 더 좋은 것 같다. 서사시의 문제를 서정시의 눈으로 바라보는 그 시각의 선택이 무엇보다 탁월하다. 그 선택을 받쳐주는 따뜻한 인간애와 시끄럽지 않은 도덕적 감수성, 쉽고 간결하면서 힘있는 언어, 그리고 이 모든 것들이 만들어내는 조용한 치열함은 저항시나 정치시 정도가 아니라 서정시의 새로운 가능성을 보여준다고 말해도 과언이 아닐 것이다.

　도르프만의 말대로 시를 번역하는 것은 쉬운 일이 아니다. 시의 문맥과 형식 속에 단어가 자리잡으면서 얻게 되는 의미의 확산능력을 보호하기는커녕 그 확산과정을 거슬러올라가 하나의 의미로 고정시켜야 하는 것이 시 번역작업의 가장 곤란한 문제이기 때문이다. 영어와 한국어처럼 근본적으로 다른 두 언어를 상대로 하는 경우에는 그 문제가 더욱 두드러질 수밖에 없다. 게다가 도르프만 시의 형식적·형태적 실험성은 문제를 더 악화시키는 경향이 있었다. 이 모든 것들이 시인의 목소리는 시인에게 돌려주겠다는 역자의 '무모한' 기도를 방해했다. 그러나 역자의 "번역과 말투의 강에도 불구하고" 도르프만이 전달하려는 그 무엇인가가 독자에게 전달되기를 바란다. 그게 전달된다면 그건 역자의 작업을 도와준 여러분들 덕분이다. 이 번역의 초고를 읽어주신 김영무 교수께 감사드리고, 특유의 꼼꼼함으로 커다란 도움을 준 김유석군에게 깊은 고마움을 전하고 싶다. 그리고 이 시집을 역자에게 소개하고 번역할 기회를 주셨을 뿐 아니라, 1부 전부와 2부의 첫 두 편, 3부의 「싼띠아고에서의 마지막 왈츠」와 「내 안테나가 어떻게 되고 있는 게 틀림없다」를 읽고 날카로운 지적을 해주신 백낙청 선생님께 감사드린다. 창비사의 여러분들, 특히 유용민씨께도 감사드린다. 물론 이분들의 도움에도 불구하고 아직 남아 있는 부족함은 전적으로 내 몫이다. 항상 옆에서 격려해준 남편 차종천에게도 깊은 감사를 전한다. 아들 차세웅도 원고를 읽고 몇가지 중요한 지적을 해줬다. 지금은 제 목소리를 다듬기에 여념이 없지만, 도르프만의 시에서 다른 사람들의 목소리에 귀기울이는 방법을 배웠기를 바란다.

146

번역의 원본으로는 *Last Waltz in Santiago* (Hamondsworth: Penguin 1988)를 사용했다. 이 시들은 원래 스페인어로 발표되었지만, 도르프만이 영어와 스페인어를 모두 완벽히 구사하는데다 영역에 직접 참여했으므로 중역(重譯)이라고 할 수 없을 것이다. 도르프만 자신이 스페인어판 참조가 불필요하다고 전해왔음을 밝혀두는 바이다.

쌴띠아고에서의 마지막 왈츠

초판 발행/1998년 4월 30일

지은이/아리엘 도르프만
옮긴이/이종숙
펴낸이/김윤수
펴낸곳/㈜창작과비평사

등록/1986년 8월 5일 제10-145 호
주소/서울시 마포구 용강동 50-1 우편번호 121-070
전화/영업 718-0541, 0542 · 편집 718-0543, 0544
      독자관리 716-7876, 7877
팩시밀리/영업 713-2403 · 편집 703-3843
하이텔 · 천리안 · 나우누리 ID/Changbi
인터넷/홈페이지 www.changbi.co.kr   www.changbi.com
      전자우편 changbi@changbi.com
우편대체/010041-31-0518274
지로번호/3002568

조판/동국전산주식회사

ISBN 89-364-7046-9 03840
책값은 뒤표지에 표시되어 있습니다.